张抗抗 小传

　　1950年出生于杭州市,祖籍广东江门。1966年杭州市第一中学(现为杭州高级中学)初中毕业。1969年赴北大荒鹤立河农场上山下乡,在农场劳动、工作8年。1977年考入黑龙江省艺术学校编剧专业,1979年调入黑龙江省作家协会,从事专业文学创作至今。1980年参加中国作家协会第五期文学讲习所学习。现为一级作家、黑龙江省作家协会名誉主席。中国作家协会第五届全委会委员、第六届主席团委员、第七届副主席。第十、十一、十二届全国政协委员。中国作家协会权益保障委员会副主任。2009年被聘为国务院参事。现定居北京。

　　已发表小说、散文共计八百余万字,出版各类文学专著近百种。代表作有长篇小说《隐形伴侣》《情爱画廊》《作女》等。曾获全国优秀短篇小说奖、全国优秀中篇小说奖、第二届鲁迅文学奖,三次蝉联中国女性文学奖。多次获东北文学奖、黑龙江省文艺奖、精品工程奖。曾获黑龙江省德艺双馨奖、第二届蒲松龄短篇小说奖、第七届冰心散文奖、第十一届《上海文学》奖等。

　　2015年荣获第四届世界知识产权组织版权保护金奖。

　　有多部作品被翻译成英、法、德、日、俄文并在海外出版。

　　曾出访南斯拉夫、德国、法国、美国、加拿大、俄国、马来西亚、日本、印度等国,进行文学交流活动。

本册主编　何向阳

总主编　何向阳

百年
中篇小说
名家经典

BAINIAN
ZHONGPIAN
XIAOSHUO
MINGJIA JINGDIAN

张抗抗　著

北 BEI
极 JI
光 GUANG

河南文艺出版社
·郑州·

一种文体与
一百年的民族记忆

何向阳 （丛书总主编）

自 20 世纪初,确切地说,自 1918 年 4 月以鲁迅《狂人日记》为标志的第一部白话小说的诞生伊始,新文学迄今已走过了百年的历史。百年的历史相对于古老的中国而言算不上悠久,但 20 世纪初到 21 世纪初这个一百年的文化思想的变化却是翻天覆地的,而记载这翻天覆地之巨变的,文学功莫大焉。作为一个民族的情感、思想、心灵的记录,从小处说起的小说,可能比之任何别的文体,或者其他样式的主观叙述与历史追忆,都更真切真实。将这一百年的经典小说挑选出来，放在一起，或可看到一个民族的心性的发展，而那可能被时间与事件遮盖的深层的民族心灵的密码，在这样一种系统的阅读中，也会清晰地得到揭示。

所需的仍是那份耐心。如鲁迅在近百年前对阿Q的抽丝剥茧，萧红对生死场的深观内视，这样的作家的耐心，成就了我们今天的回顾与判断，使我们——作为这一古老民族的每一个个体，都能找到那个线头，并警觉于我们的某种性格缺陷，同时也不忘我们的辉煌的来路和伟大的祖先。

来路是如此重要，以至小说除了是个人技艺的展示之外，更大一部分是它对社会人众的灵魂的素描，如果没有鲁迅，仍在阿Q精神中生活也不同程度带有阿Q相的我们，可能会失去或推迟认识自己的另一面的机会，当然，如果没有鲁迅之后的一代代作家对人的观察和省思，我们生活其中而不自知的日子也许更少苦恼但终是离麻木更近，是这些作家把先知的写下来给我们看，提示我们这是一种人生，但也还有另一种人生，不一样的，可以去尝试，可以去追寻，这是小说更重要的功能，是文学家个人通过文字传达、建构并最终必然参与到的民族思想再造的部分。

我们从这优秀者中先选取百位。他们的目光是不同的，但都是独特的。一百年，一百位作家，每位作家出版一部代表作品。百人百部百年，是今天的我们对于百年前开始的新文化运动的一份特别的纪念。

而之所以选取中篇小说这样一种文体，也是出于这个原因。

中篇小说，只是一种称谓，其篇幅介于长篇小说和短篇小说之间，长篇的体积更大，短篇好似又不足以支撑，而介于两者之间的中篇小说兼具长篇的社会学容量与短篇的技艺表达，虽然这种文体的命名只是在 20 世纪的七八十年代才明确出现，但三四十年间发展迅速，其中的优秀作品在不同时期或年份涵盖长、短篇而代表了小说甚至文学的高峰，比如路遥的《人生》、张承志的《北方的河》、莫言的《透明的红萝卜》、韩少功的《爸爸爸》、王安忆的《小鲍庄》、铁凝的《永远有多远》等等，不胜枚举。我曾在一篇言及年度小说的序文中讲到一个观点，小说是留给后来者的"考古学"，它面对的不是土层和古物，但发掘的工作更加艰巨，因为它面对的是一个民族的精神最深层的奥秘，作家这个田野考察者，交给我们的他的个人的报告，不啻是一份份关于民族心灵潜行的记录，而有一天，把这些"报告"收集起来的我们会发现，它是一份长长的报告，在报告的封面上应写着"一个民族的精神考古"。

一百年在人类历史上不过白驹过隙，何况是刚刚挣得名分的中篇小说文体——国际通用的是小说只有长、短篇之分，并无中篇的命名，而新文化运动伊始直至70年代早期，中篇小说的概念一直未得到强化，需要说明的是，这给我们今天的编选带来了困难，所以在新文学的现代部分以及当代部分的前半段，我们选取了篇幅较短篇稍长又不足长篇的小说，譬如鲁迅的《祝福》《孤独者》，它们的篇幅长度虽不及《阿Q正传》，但较之鲁迅自己的其他小说已是长的了。其他的现代时期作家的小说选取同理。所以在编选中我也曾想，命名"中篇小说名家经典"是否足以囊括，或者不如叫作"百年百人百部小说"，但如此称谓又是对短篇小说的掩埋和对长篇小说的漠视，还是点出

"中篇"为好。命名之事,本是予实之名,世间之事,也是先有实后有名,文学亦然。较之它所提供的人性含量而言,对之命名得是否妥帖则已显得不那么重要了。

值此新文化运动一百年之际,向这一百年来通过文学的表达探索民族深层精神的中国作家们致敬。因有你们的记述,这一百年留下的痕迹会有所不同。

感谢河南文艺出版社,感动我的还有他们的敬业和坚持。在出版业不免受利益驱动的今天,他们的眼光和气魄有所不同。

2017 年 5 月 29 日　郑州

目录

一

它们曾经是一滴滴细微的水珠，从广袤的大地向上升腾，满怀着净化的渴望，却又被污染，然后在高空的低温下得到貌似晶莹的再生——它们从茫茫的云层中飘飞下来，带回了当今世界上多少新奇的消息？ 自由自在，轻轻扬扬，多像无忧无虑的天使，降落在电视台那全城瞩目的第十四层平台上，覆盖了学院主楼前那宽大的花坛、废弃的教堂六角形的大屋顶、马路边上一排排光秃秃的杨树，以及巍峨的北方大厦附近低矮的简易工棚……整个城市回荡着一曲无声的轻音乐，而它们，在自己创造的节奏中兴致勃勃地舞蹈，轻快、忘我……连往日凛冽而冷酷的北风也仿佛变得温和了，它耐心而均匀地将雪花洒落在各处，为这严寒的冰雪城市作着新的粉饰……

陆芩芩拉开二号楼那厚重的大门，望着外面漫天飞舞的雪花，惊喜得叫了一声。 尽管在漫长的冬天里，雪花是这个城市的常客，她仍然像孩子一样对每场雪都感到新鲜好奇。

大门乒乒乓乓地响，散课出来的同学们正在陆陆续续往外走。 没有什么人同她打招呼，也没有什么人互相说一声再见。 大家都是这样匆匆忙忙，女孩子们扣好大衣，拉严了头巾，小伙子们则把皮帽上的"耳朵"放下来，往脑袋上一扔，皮靴踩得雪地咔嚓咔嚓响，腋下还夹着书包，怪神气的。 假如骑车，车把上一定挂着饭盒，车座后面的架子上呢，或许是一只鼓鼓的面粉袋，或许是一只琴盒，或许是……有一次芩芩还看见有一个同学驮着一个三四岁的男孩，准是他的儿子。 真没治，谁叫这是一所业余大学呢? 五花八门，无奇不有。 你看前面这个人，连帽子都是油汪汪的，说不定是个食品厂的装卸工，走得那么急，难道还要赶回去上班不成? 星期天的课，来的人不像平常晚上那么多，许多人要上班。 芩芩恰好是星期天厂休。 这业余大学，同正规大学就是不一样，在一起上课好几个月，彼此也不说一句话。 下了课，各走各的，好像不认识，是现在的人同以前的那些同学不一样了呢，还是因为这是业大? 这辈子算是上不了正规大学了，就像这落在地上的雪花，再也飞不起来……

"芩芩，还不走呀? "一个尖细的嗓音在她背后叫道。

芩芩眨眨眼睛，摘下手套用手背揩去睫毛上的霜花，转过脸去。 叫她的是一个与她年龄相仿的胖姑娘，和芩芩坐一张课桌，笔记本和讲义上到处写着"苏娜"两个字。 她好像知道今天要下雪，穿了一件米黄色连帽子的拉链滑雪衣，露出里面火红色的拉毛高领衫。

"在雪地里发什么愣？"她冲芩芩好意地一笑，把嘴贴在她耳朵上说，"走哇，今儿星期天，跟我去跳舞……"

芩芩轻轻地摇了摇头。

"昨夜的月色……"苏娜哼着歌，转身走了。 铁门的拐角晃过一个人影，有人在等她。

芩芩跺了一下有点发冷的脚，仰起了脸，让冰凉的雪花落在她的脸颊上。 ……不去跳舞，谁说她不去跳舞？ 跳舞有什么不好？ 优美的旋律可以使心灵得到宁静和休憩，疯狂的节奏可以使人忘却忧愁和烦恼。 她是喜欢跳舞的，只是……唉，星期天，该死的星期天，从下午一直到晚上，都不属于她自己了。 她愣在这雪地里干什么？ 再愣下去，他又该气喘吁吁地跑来找她了……何必呢？ 还是快点走吧，乖乖地按时回到他那儿去，横竖要不了多久，准确地说，再有两个月，也就是当中国人欢度一九八一年新春佳节的时候，她就得永远地住在那儿了……

"永远？"她忽然让自己这个一闪而过的念头吓了一跳。过两个月，难道她就真的要永远地和他生活在一起了吗？ 完成这项每个人都必须完成的"历史使命"——结婚，当然，毫无疑义，结婚的全部意义就是永远，不是永远又干吗要结婚呢？ 她不是已经在那张永远的证书上签上了自己的名字了吗，否则没法子登记家具。 这就是他同意她继续上业大的"交换"条件……

芩芩不由快走了几步，好像要驱散这些天来总是纠缠着她的那些令人不快的念头和莫名其妙的问号。 她最近是怎么了呢？ 一想到结婚，天空顿时就变成了铅灰色，雪地不再发出银光，收音机里的音乐好像在呜咽。 似乎等待她的不是那五光十色的新房，而是一座死气沉沉的坟墓，用现在时髦的话来说，这就叫作"心理变态"。 一个二十五岁的年轻姑娘怎么会不想结婚呢？ 说出来谁也不会相信……

她一不留神，闪身打了一个趔趄。 新下的雪很松软，只是新雪底下的路面太滑。 一到冬天，这个城市就像一个巨大的溜冰场。 芩芩小时候学过花样滑冰，后来也一直爱滑花样。 这两年冬天却很少有时间上冰场了，除了上班和去业大学习日语，还得正正规规地"谈恋爱"，准确些说，无非是在一起消磨时间罢了。

电车慢吞吞地驶来了，在洁白的马路上无情地碾压出两道新的辙印，芩芩抖落着头巾和肩上的雪花，跳上了电车，心里却不由为那雪花感到几分怜惜。 它们从天上掉下来时，素白无瑕，把整个城市装点得像一座晶莹剔透的水晶宫，然而黑夜里吹过乌溜溜的风，白昼里践踏着无数车轮和脚印，使它们冻结、发黑、萎缩，变得残缺不全和难以辨认。 只有当一场新雪重又降临，这美丽的冰城，才又显现出它明朗的色彩。

电车尖叫着，停在一座电影院门口。 车上的人，像一颗颗圆鼓鼓的土豆，从狭小的车门里掉出去，芩芩凝神望着人行道对面蓝色的木栅栏。 夏天时那栅栏里面的小院修饰得很漂亮，如今院子里那些金盏花、七月菊和马蹄莲的残叶都已被厚厚的白雪覆没了，宽大的彩色铁皮屋顶、高高的台阶、樱桃树下的石凳，都积着半尺厚的雪，干净得没有一个脚印，似乎这小院一冬天也不曾有人住过，静谧而又神秘，很像芩芩小时候读过的什么童话。要是十几年前，芩芩随口就会给它们编出一个动人的故事来，比如那古老的壁炉里木柴在噼噼啪啪地燃烧，雪女王乘坐的十一匹马拉的雪橇轻轻停在门口……从雪橇上走下一个漂亮的公主，她的篮子里盛着十二个月的鲜花……

"筐里的啥玩意儿这么腥！"猛然，车厢里有人恶狠狠地骂起来，喷出一股刺鼻的大蒜味儿。

"你管是啥？有能耐屁股后边儿冒烟去！"旁边的人回敬。一拱身子，一只皮靴重重地踩在芩芩脚上，疼得她冒一身冷汗。

"你他妈的有能耐吃这臭鱼烂虾？"

"早几年你想吃这臭鱼烂虾还没有哩！"

……什么古老的壁炉、雪橇、花篮、圣诞树……全消失得干干净净，只有眼前这拥挤不堪的电车，像罐头里的沙丁鱼一样被叠在一起的乘客，飞溅的唾沫，浑浊的空气……嘈杂而混乱。又到站了，人呼呼下去一大半，是秋林公司。星期天，响着银铃的雪橇该停在百货商店门口才对……从大门里拥出一对对穿得漂漂亮亮的男女青年，拎着大包小包，不是置办嫁妆，就是买送人的结婚礼品。累得半死不活，挤在人的洪流里。高喊："我要！我要！"当然是最新式的，最时髦的。眉头也不皱，扔出去两个月工资，有什么可大惊小怪？人们被关在"笼子"里那么多年，今天这些向往不是都很自然吗？古老的壁炉早已被淘汰了，暖气可以通到任意高的一层楼，就是婚礼也用不着到树林子里去采十二月的鲜花，那个刚走出商店的年轻女子手里的塑料花，起码可以在新房里"开"到她的孩子谈恋爱……

过了这一站，车厢里空多了。从没有玻璃的车窗望出去，芩芩忽然发现大街两边贴着许许多多大红色的"囍"字，在纷纷扬扬的雪花里闪闪烁烁。好些人在门里出出进进，忙碌——欢喜；欢喜——忙碌。一辆卡车停在一家大门口的"囍"字旁，几个青年往上搬着一大堆花花绿绿的东西，在芩芩看来，他们大概都是"财贸（貌）战线"的。一个姑娘打扮得珠光宝气地坐在驾驶室里，表情漠然，好像不知道自己将要到什么地方去，也不知未来是什么命运在等待她。

芩芩用鼻子轻轻哼了一声。结婚，又是结婚！今天是什么黄道吉日，又是阴历阳历都逢双？人总是喜欢图吉利的，那些离了婚的人所以不幸一定是当初结婚没留神阴历是单数。两个月以后的这么一天，举行婚礼的时候，芩芩同样也得听从人们的摆布，按照这个城市的风俗，乖乖地坐在床上，让他给她穿鞋。他一定会非常非常殷勤地弯下身子去，给她系好鞋带，然后坐上出租车……从前是绣花鞋，现在是皮鞋；从前是坐花轿，现在是乘轿车——生活方式正在朝着物质文明发展，可人们的精神状态呢？

　　然而车子开动的时候，新娘必须大哭，不哭就显得对娘家没有感情，显得太"贱"，要被婆家瞧不起的。 无论四十年代还是八十年代，这条法则永远不会过时。 芩芩参加过厂里不少姑娘的婚礼，她们都号啕大哭，哭得很伤心，然而谁也无法断定她们内心是否真是那么悲伤。 假如这意味着一种新的幸福生活的开始，有什么好哭的呢？ 然而对一些人来说，结婚只是意味着天真无邪的少女时代从此结束，随之而来的便是沉重的婚姻的义务和责任，欢乐只是一顶花轿，伴送你到新房门口，便转身而去了。 芩芩望着女友哭泣，心里倒比她们感到更加难过。 她设想自己的那一天，如果一旦放声大哭，真不知怎样收场……

　　但即使一路哭过去，下了车，随之而来的还是结婚典礼。 揉着红肿的眼，马上装出一副无限幸福的模样，羞羞答答地给客人点烟……芩芩参加过不少人的婚礼，大同小异，除了新娘新郎的长相不同，好像连服装、来宾的贺词、房间的陈设都一模一样。 假如一年后再到那儿去，唯一的变化是多了一个既像新郎又像新娘的娃娃，走廊里挂着尿布，年轻的妈妈闪光的缎子棉袄的袖口抹得油亮，开始津津乐道地介绍她宝贝儿子今天的大便的颜色，以及他刚发明的吐泡泡之类的新花样。 于是，你就赶紧想出一句最得体的恭维话，然后尽快逃走……这就是"永远"吗？ 芩芩只要一闭上眼睛，两个月以后这样一种幸福小家庭的图景便清清楚楚摆在面前。 当然他将会是一个姑娘们羡慕的模范丈夫，会把她照顾得无微不至。 他会为她定做一双牛皮靴而从南岗秋林跑到道里秋林，再从道里跑到香坊，会……呵，够了，就为了他这样，结婚那天芩芩偏要穿一双不系带的皮鞋，然后自己从床上一下蹦下来，很快把脚伸进鞋子里，看他还怎么给她穿……

"哎，等一等……还有下车的……"她突然高声叫起来。 售票员嘟哝了一句，"哗啦——"车门又打开了，她慌慌张张地跳下了车。 车站很滑。 她觉得自己险些要摔倒，却被一双大手紧紧拽住了。

"是你——"她回过身去，眼前就站着他。 皮帽和肩头落了一层厚厚的雪，一双大眼睛亲亲热热地望着她。 她明知道他会在这车站接她，却又为什么竟然差点坐过了站？

"才来？"他瓮声瓮气地问，手却没有松开。

"嗯……下雪……车……"她含糊其辞地答道。

"妈包饺子等你呢，芹菜馅儿的。"他说。

"芹菜？ 这时哪来的芹菜？"

"暖窖的，八毛一斤，还不好买。"

"是吗？"

"家里来了我的几个熟朋友，要看看你……"

"看我？"

"都是些用得着的人。 今儿上午买着落地灯架了。 这回，全齐了……"

芩芩明白他说的"全齐了"是指什么。全齐了，就差一个黄道吉日，差十几桌热气腾腾的酒席，差一辆出租车……

"不高兴吗？"他有点摸不着头绪。

有什么可不高兴的呢？该办的，人家全办了。论家庭，他父亲是供销处长，你父亲才是个宣传科长，级别总是高那么一点儿吧；他只有一个姐姐，而你有两个弟弟；论工资，他是个三级木匠，而你是个二级装配工，也比你高那么一点儿吧；论学历，他是六九届的，而你却是七三届的；论长相，就算人家都说芩芩可以打上九十分，可他傅云祥，高高大大的个头，虽说粗蛮一点儿，却也带一副男子汉的架势，大耳朵高鼻梁，蛮招人喜欢。还有什么可不高兴的？一间新房早准备妥了，一架现成的十九英寸国产黑白电视就放在他的房间里。"别这山望那山高了，不知自己姓啥……"妈妈爱这么对芩芩嚷嚷。妈妈总随身带着一只袖珍标准秤，购买任何食品都经过复核，所以从来不吃亏上当。挑选女婿也当然精确无误。

"这雪，真大……"芩芩抱怨说，加快了脚步。

白茫茫的雪花中，她影影绰绰望见了前面傅云祥家的那幢刷着淡黄色与白色相间的二层楼房。狭长的楼窗，尖尖的三角形屋顶，突起的小阁楼，雕花的阳台……在朦胧的雪色中又恍然给她一种童话的意境，使她想起许多美好的故事。然而每次只要她踏上台阶，听里面传来一阵乱七八糟的喧闹声，麻将牌哗啦哗啦的碰击声，她一走进房子里面，那个童话就倏地不见了。

二

"九筒！"

"一万！"

"碰啰！"

"错了错了，妈的，倒霉，不该出这牌，重来！"

"王八悔牌，豁出来钻桌子，啥了不起！"

"发！"——"嗬！"

她真不愿跨进门去，不愿看见那一双双过于灵活的手指用来在桌上徒劳无益地空忙，那叠得整整齐齐的麻将的"队列"像一堆永远在拆卸中而建不成墙的碎砖，叫人惆怅。 对于这种娱乐，她无论如何也培养不起感情和兴趣，她连牌都不识，为此傅云祥嘲笑过她好几次，她仍固执地不肯沾手。她或许应该去帮傅云祥的母亲包饺子，这要比坐在他们中间好受得多……

"芩姐！"有人从桌边跳起来，咯咯笑着朝她扑来。呵，是"酒窝"，一个虽漂亮但一说话就叫人哭笑不得的姑娘。 她好像只有二十岁。 她总是无缘无故地笑着，露出两腮上不大不小的酒窝。 据说她很崇拜芩芩，因为芩芩的眼睫毛比她长一点五毫米。

"看你，念了大学，面都见不着了！"她亲热地搂住了芩芩的脖子。

"这叫什么大学呀，业余的……"芩芩苦笑了一下。

"嗨，好歹算是混一张文凭呗，将来调个技术科什么的也方便点儿。"傅云祥替她解释说。他觉得自己能支持她去上业大，委实是不简单的事了。"来来，芩芩，给你介绍一下，这是我的两位新朋友——轻工业研究所的小赵，外号小跳蚤，他爸爸是市劳动局局长。"

芩芩看见一张白皙的脸，一双漫不经心的眼睛。

"这是肉联厂的推销员。"

"老甘！"那人恭恭敬敬地站起来，布满疙瘩和粉刺的脸不自然地笑着。

她点点头，坐在靠墙的一把软椅上，录音机在播放着一支芩芩早已听熟的曲子，却从来听不清它的歌词。她想起自己家的隔壁邻居，新近也买了一台录音机，总共就录了一支外国歌，凡有客人来，他们就放那支歌。所以，只要一听到那支歌，就知道他们家来了客人。不知为什么，芩芩就没有从磁带里听到过自己喜爱的音乐，在这儿也一样。

"芩芩！"又有人叫她。

"噢，你也来了？海狮。"她回头打招呼。那是一个长头发的小伙子，是她同厂的工人，同傅云祥熟识，外号海狮，因为他会用鼻尖和脑袋顶球，常常在众人面前露一手。

他们又埋下头去打麻将。看来"酒窝"也是个新加入的业余爱好者。芩芩坐在那儿，一时不便走开，只好打量着这个不久后将要属于自己的房间。确实什么都齐了，连芩芩一再提议而屡次遭到傅云祥反对的书橱，如今也已矗立在屋角，里面居然还一格格放满了书。芩芩好奇地探头去看，一大排厚厚的《马列选集》，旁边是一本《中西菜谱》，再下面就是什么《东方列车谋杀案》《希腊棺材之谜》《实用医学手册》和《时装裁剪》……

她抿了抿嘴，心里不觉有几分好笑。这个书橱似乎很像傅云祥的朋友们的头脑，无论内容多么丰富，总有点儿不伦不类。没有办法，在这个到处充满混合物的时代里，连她自己不也学会了在红茶里加一小块奶油吗？

"下回总要赢了你的！"那个老甘突然跳起来，怪声怪气地笑着，哗啦哗啦地洗牌。

傅云祥关掉了录音机，打开了电视，正在演一个芭蕾舞剧的片段。

"……哎呀，你瞧瞧，她跳得多美……""酒窝"入迷地瞪大了眼睛，啧啧不已，"这样的人，真不知有多少人追她哩！"

"她已经四十岁了。"小跳蚤冷冷地打断了她，"这是中国最有名的芭蕾舞演员。"

"什么叫有名？名气有啥用？"傅云祥在摆弄天线。

"像这样的名演员，甭说演出，就是排练也得给钱，给好多津贴，要不，能这么卖力？"老甘揪着一只发亮的打火机。

"喂，小跳蚤，能帮忙买一台便宜点儿的两个喇叭的三洋录音机不能？我都要痛苦死啦！"酒窝忽然娇声娇气地说。

"今年三洋录音机不吃香啦，国外如今最红的牌子是声宝，带电脑，双卡带，嗬，那个漂亮，甭提了！"小跳蚤摇着肥大的裤腿，"买录音机，一句话！包我身上。我买了个摩托，从广州运来，还有三天就到。只要能弄到外汇，啥都能买到。"

酒窝惊呼一声，无限崇拜地瞪圆了眼睛。

"高级进口烟可是'555'牌最棒？"

"我爱抽'万宝路'。"

"听说北京如今兴喝'格瓦斯'，比啤酒来派。"

"找老甘弄几箱没问题。"

"光听这名儿也舒服。威士忌——格瓦斯——白兰地——嗬，洋名儿就是带劲！我听说美国的苹果，打了皮儿三天不变色……"

"哎，芩芩，上次同你说的东西带来没有？"傅云祥接住了老甘扔过去的一支烟，忽然想起来问道。

"带来了。"芩芩站起来走到衣架旁，伸手到大衣口袋里去摸钱包。他指的是芩芩妈妈求人弄来的几张侨汇券。可是芩芩的手却在衣袋里拿不出来了。

"钱包丢了？"傅云祥慌忙问。

芩芩点点头，她最初把手伸进衣袋而没有摸到钱包时，反应还不及傅云祥那么快。直到现在她还没有完全清醒过来，钱究竟是在哪里遗失的……

"小偷！当然是小偷！还发什么傻？不偷你这样的人偷谁的？成天好像丢了魂似的发呆……"傅云祥嚷嚷起来，在屋地上来回走动，"那里头有多少钱？"

"就一块多钱饭菜票。"芩芩不情愿地回答。

他松了一口气，又走到电视机旁去调天线。

老甘打了一个哈欠，慢吞吞地说："唉，小偷，真够他妈的缺德了，准又是待业青年。可没有工作，你叫他咋办？也不是生来就想当'钳工'的，一年年待业，总不能老靠父母养活……这年头，人见了钱都像疯了似的……我们批发站的那些小摊贩，全家合伙做生意，挣钱挣红了眼，卖一天红肠排骨，赚好几十块……"

"他们匀你个块把，你就批给他们便宜的猪下水啥的，是不是？""酒窝"没好气地瞪了他一眼。

"你还不是一样，忍痛割成双眼皮，还不是为嫁个港澳同胞，好当阔太太。京剧团那个唱青衣的小娘儿们，连那个香港经理的话也听不懂，就跟人家走了，不为钱为什么？你还眼气呢！"老甘噗噗吹着一支雪茄上的烟灰。

"酒窝"略略有点脸红，她转过身来向芩芩搬救兵说："就算为了钱又咋样？也不碍着谁。现在不害人的人就是好人，芩芩你说是不是？"

芩芩"啊"了一声。她在想什么，没听清他们的争论。

傅云祥插进来说："你甭问她，她的上帝只有她自己认识。谁也读不懂她那本圣经，都啥年头了，还念念不忘助人为乐。还是让我来回答你吧，对这个问题我研究得最最彻底，一句话：人生下来就只知道把糖送进自己嘴里，而不会送给别人。这就是人的自私的本能。本能你懂吧？就是比本性，更加……"

"对对对……"老甘细细的腿不住地晃动，"我也这么看。你们以为世上真有什么大公无私的人吗？那是骗人的！至多是先公后私，再不就是公私兼顾……"

"照你这么说，张志新、遇罗克这样的为反'四人帮'而牺牲的烈士，也是先公后私的啦？"芩芩忍不住问道。她剥着茶几上果盘里的黑加仑子水果糖，剥开了又包起来，她并不想吃它。

"你以为我们不恨'四人帮'？"傅云祥"啪——"地关掉了电视，在沙发上重重地坐下来，"不是因为'文化大革命'，我早上大学了，成绩好，说不定还可以捞个留学生当当。现在，全完了，忘光了，连个业大也考不上，怪我吗？没去当小流氓，就算不错。"

"听说明年国家的教育经费要大大增加，说不定……"海狮插嘴。

"那也轮不到咱头上。"傅云祥接着说，"就说老甘吧，下了乡，讨个农村老婆，生一大堆孩子，四十几块工资，不想法子弄钱，日子咋过？　不下乡，早当四级电工了。　酒窝姑娘，连个欧洲在哪儿也不知道，写封信起码有一半让人看不懂，世界上只认一个亲人，就是钞票。　……"

"呸！"酒窝朝他啐了一口。

"还有小跳蚤，他爸关牛棚，姐姐得精神病淹死在松花江里……"

"我不问你这些，我是说……"芩芩分辩。　她何尝不知，傅云祥说的都是实话。　不是这十年空前绝后的大灾大难，青年们何以落得这个下场：该发芽的时候是干旱；该扬花的时候又遇暴雨。　善良、纯真的感情被摧残，尝遍了人世间多少卑鄙丑恶。　即使长大了，许多人愚昧无知；即使活过来了，许多人神经也被折磨得不健全。　我是说，生活啊，你把多大的不幸带给了这一代人，可是……

"比如说小跳蚤……"傅云祥拍了拍他的肩膀。

"呵，我腻了！　听够了！"小跳蚤从自己的座位上跳起来，"别扯这些了行不行？　吃饱了撑的，还讲什么十年、十年，我一听十年就头疼，就哆嗦。　你们讲啥我也没劲，什么四个现代化，地球上的核武器库存量，足够毁灭七个地球了，一打仗就完蛋！　越现代化越完蛋！　我每天坐办公室早坐够了，还不是你求我办事，我托你走个门子，互相交换，两不吃亏，我够了。　活着干什么？　活着就是活着，我想退休，最好明天就退休！"

"退休？"芩芩惊讶得叫起来，"你说什么？　退休？"

"你奇怪吗？ 人生最后的出路，除了退休，还有什么？上班下班，找房子打家具，找对象结婚，计划生育，然后退休。 人生还有什么？ 我关心的是松花江再这样污染下去，等我退休以后，连条小鱼苗也钓不上来了。 我喜欢钓鱼，退休了，也许骑摩托车上镜泊湖去钓鱼……"

"哈哈……真是好样儿的！"傅云祥大声笑起来，"我和你搭伴，这主意不错！"

"嘿嘿……"老甘眯起眼笑起来。"嘻嘻……"酒窝尖声尖气地笑着，连海狮也张开大嘴哈哈笑个不停。

芩芩用手捂住了自己的耳朵，她觉得刺耳，他们是在自寻开心呢，还是真心地觉得有趣？ 在傅云祥的家里，就只能听到这样叫人莫名其妙的笑声。 如果在饭桌上，啤酒加烧鸡，再来几句相声小段，一定人人都变得生动活泼而又神采奕奕。 一句丝毫没有幽默感的玩笑话会逗得人人眉开眼笑，低级的插科打诨脍炙人口。 可真正讨论问题呢，却没有人听得懂，也没有人感兴趣……

"怎么，你认为我说的不是实话吗？"小跳蚤一双无精打采的眼睛眯眯着，显得蒙蒙眬眬，好像到底也看不清他的眼神。"你觉得难道不是这样的吗？ 那你以为生活会是什么样子？"

"是呀，你说，你希望生活是什么样子？"傅云祥走到她身边来，把一杯热咖啡递在她手上。

芩芩望着咖啡上的腾腾热气，竟不知怎么回答才好，她想象中的生活应该是什么样子的呢？ 她想象过吗？ 好像没有。 未来是虚无缥缈的，很像老甘指缝里的雪茄冒出来的烟雾，不容易看得清楚。 但是无论以前在农场劳动的时候，或是后来返城进了工厂，岁月流逝，日复一日，尽管单调、平板、枯燥无味，她总觉得这只是一种暂时的过渡，是一座桥，或是一只渡船，正由此岸驶向彼岸。 那平缓的水波里时而闪过希望的微光，漫长的等待中夹杂着虽然可能转瞬即逝却是由衷的欢悦。 生活总是要改变的，既不是像芩芩前几年在农场几里路长的田垄上机械地重复着一个铲草动作，也不是早出晚归地挤公共汽车，更不是提着筐在市场排队买菜……那是什么呢？ 是在夏天的江堤上弹弹吉他，在有空调的房间里看外国画报吗？ 不不，芩芩没有设想过这样一种生活，她要的好像还远不止这些，或者说根本不是这些……那是什么呢？ 她一时又说不出来，是连她自己也不清楚还是因为难以表述？ 咖啡冒着热气，周围的人影在晃动，她越发觉得自己心烦意乱。

"反正，反正不是现在这个样子！"她忽然站起来，脱口而出，"一定不是像现在这个样子！"她喝了一大口咖啡，放下杯子，走到门边去穿大衣。

"你要干什么？"傅云祥诧异地问道。

"一个本子，笔记本，落在教室了。"她结结巴巴地说，有点难为情，"我忽然想起来，一定是落在教室了，业大借附中的教室上课，晚了会让别人拿走的，我去看看马上就回来……马上……""一个本子有啥了不起的？"他满不在乎地耸了耸肩膀，看了她一眼，改了口气说："噢，去就去，我陪你，下雪天……"

"不用了，你有客人……"芩芩小心地围好围巾，朝客人们打了招呼，很快走了出去。

"你可快回来呀！"酒窝娇滴滴的声音在她身后喊，"要不我云祥哥连饺子下肚没下肚也不知道了哩……"

屋外的空气虽然冷冽，却清新、鲜凉、沁人心脾。假如面对辽阔的雪原，人们一定不会不知道将来的生活是什么样子。离开那热烘烘的房间，芩芩顿觉头脑清醒了不少。然而笔记本是真的落在教室了，她必须马上去取，而并不是她借故托词离席。她在农场待了三年，还没有学会撒谎就回城了，她同样不会对傅云祥撒谎。尽管她是多么不愿意在那儿继续扯那些无聊的闲话，而宁可一个人晚上在这雪地里不停地走下去，走下去……

雪还在无声地下着，漫天飘飞，随着风向的变化不断改换着自己的姿态。时而有一朵六角形的晶莹的雪片，像银光似的从她眼前掠过，一闪身不知去向。大概它们也不愿就此落入大地，化作一摊稀水。可它们这样苦苦挣扎，究竟要飞去哪里呢？芩芩莫非也像它们一样：飞着，苦于没有翅膀，也毫无目标；而落下去，却又不甘心……

她突然觉得心里很难过。雪地的寒意似乎化作一股无可名状的忧伤，悄悄披挂了她的全身。那暖烘烘的小屋里充满了牢骚，夹杂着那么多的废话，使她厌倦、烦恼。可是她自己，不是连未来的生活应该是什么样子也答不上来吗？业余大学，她为什么要去念那个业余大学呢？赶时髦？还是希望？如果是希望，究竟希望什么？谁能告诉她呢？

三

是冬老人从遥远的北极带来的礼物吗？圣洁、晶莹、透明。当早晨第一线阳光缓缓地从窗棂上爬过来，透过一层薄明的光亮，它们变得清晰而富有立体感了……它会像南海清澈的海底世界，悠悠然游动着的热带鱼，耸立着一丛丛精致的珊瑚，漂浮着水草和海星……它会像黄山顶峰翻腾的云海，影影绰绰地显现出秀丽的小岛似的山峰；它会像白云飘过天顶，浩荡、坦然；会像梨花怒放，纷繁、绚烂……呵，冰凌花，奇妙的冰凌花，雪女王华丽的首饰，再没有什么能与你媲美了……

你真像小时候玩耍过的万花筒，每天都在变幻着姿势，无穷无尽地变幻。你带给人多少美丽的想象啊，从夏天雨后草地上的白蘑菇，到秋天沼泽地上空飞过的一群群白天鹅……可你是严寒的女儿，是冰雪的姐妹。你在寒夜里降临，只在早晨才吝啬地打开你的画卷，那么短暂的一会儿，不等人从那神奇的图案中找到他们所寻求的希望，就急急地隐没了。可今天你为什么竟然还留在这儿，一直留到这昏暗的傍晚？ 是因为你知道芩芩要来吗？ 还是因为你知道这是一个星期天，清冷的教室里没有人会来注意你呢？

芩芩久久地立在玻璃窗前，惊诧地望着那由于星期天暖气供应不足，教室低温而迟迟没有融化的冰凌花，几乎为这洁白如玉的雪花的自然美惊呆了。 她家里的住房烧暖气，房间温度太高，玻璃上是没有什么冰凌花的，她还是几年前在劳动过的农场连队的宿舍见过它们。 可惜那时的生活太苦，宿舍里冷得叫人直打哆嗦，哪里还会顾得上欣赏冰凌花呢？ 看过几百次，也没觉得它有多美。 回城这几年，就很少再见了。 没想到今天竟然会在业大的教室里见到它，她的心里突然涌上来一种由衷的喜悦，好像见到了一个久别的老朋友。

"那么，这画面像什么呢？"她问自己。 是的，这块玻璃上的图案很特别，像一团团燃烧的火焰，又像是一片滔天的巨浪从天际滚向天顶。 它的花纹是极不规则的，整个画面呈现出一种宏大磅礴的气势……

"北极光！"她的脑海里突然掠过一个奇特的想象，"也许，北极光就是这样的呢！"她为自己的这一重大"发现"激动得连呼吸也急促起来，"为什么不是呢？ 假如它呈银白色，天空一定就闪烁着这样的图案。 呵，一点不假，它再不会是别的样子，我可见到你了——"

她伸出一只手想去抚摸，猛想到它们在温热的皮肤的触摸下会顷刻化为乌有，又缩回了手。 她呆呆地站着，心海的波涛也如那光束的跳跃一般颤动起来……

"不带我去吗？"她记得那时自己刚够着写字台那么高。

"不带。"舅舅对着镜子在戴一顶新买的大皮帽。帽子上灰茸茸的长毛毛，像一只大狗熊。

"真的不带？"

"真的不带。"

"不带我去就不让你走！"她爬上桌子，把那顶大皮帽从舅舅脑袋上抢下来，紧紧抱在怀里，"不给你钱！"她把小拳头里的一个亮晶晶的硬币晃了晃。

"那也不带。"舅舅似乎无动于衷。

"我哭啦？"她从捂住脸的手掌的指缝里偷偷瞧舅舅。

"哭？哭更不带。胆小鬼才哭。胆小鬼能去考察吗？"

"啥叫考、考察？"她哼哼呀呀地收住了哭声，本来就没有眼泪。

"比如说，舅舅这次去漠河，去呼玛，就是去考察——噢，观测北极光，懂吗？一种很美很美的光，在自然界中很难找出能和北极光比美的现象，也没有画笔画得出在寒冷的北极天空中变幻无穷的那种色彩……"

"北极光，很美很美……"她重复说，"它有用吗？"

舅舅笑起来，把大手放在她的头顶上，轻轻拍了一下。

"有用，当然有。谁要是能见到它，谁就能得到幸福。懂吗？"

她记不清了，或许她听不太懂。那是一个寒冷的冬天的早晨，玻璃窗上冻凝着一片闪烁的冰凌，好像许多面突然打开的银扇。舅舅就消失在这结满冰凌的玻璃窗后面了，大皮靴在雪地上扬起了白色的烟尘。舅舅去考察了，到最北边的漠河。可是他一去再没有回来，听说是遇到了一场特大的暴风雪，几个月以后，人们只送回来他那顶长毛的大皮帽。寻找北极光是这么难吗？那神奇的北极光，你到底是什么？幼年时代的印象叫人一辈子难以忘却，舅舅给芩芩心灵上送去的那道奇异的光束，是她以后许多年一直憧憬的梦境……

"没有漠河兵团的名额吗？"在学校工宣队办公室，那一年她刚满十八岁。

"没有。"

"农场也没有？"

"没有。"

"插队、公社、生产队，总可以吧？"

"也没有。有呼兰、绥化，不好吗？又近。你主动报名去漠河，是不是因为那儿条件艰苦……"工宣队师傅以为这下子可冒出个下乡积极分子了。

"不是，是因为……"她噎住了。因为什么？因为漠河可以看见北极光吗？多傻气。到处在抓阶级斗争，你去找什么北极光呀，典型的小资产阶级情调。

她只好乖乖地去了绥化的一个农场。农场有绿色无边的麦浪，有碧波荡漾的水库，有灿烂的朝霞，有绚丽的黄昏，可就是没有北极光。 她多少次凝望天际，希望能看到那种奇异的光幕，哪怕只是一闪而过，稍纵即逝，她也就心满意足了，然而她却始终没有能够见到它。 芩芩问过许多人，他们好像连听也没听说过。 诚然这样一种瑰丽的天空奇观是罕见的，但它确实是存在的呀。 存在的东西就一定可以见到，芩芩总是自信地安慰自己。 然而许多年过去了，她从农场回到了城市，在这浑浊而昏暗的城市上空，似乎见到它的可能性越来越小。 这样一个忙碌而紧张的时代里，有谁会对什么北极光感兴趣呢？

"你见过它吗？ 你在呼玛插队的时候，听说过那儿……"她仰起脖子热切地问他。 他们坐在江边陡峭的石堤上，血红色的夕阳在水面上汇集成一道狭长的光柱。

"又是北极光，是不是？"傅云祥不耐烦地在嗓子眼里咕噜了一声，"你真是个小孩儿，问那做啥？ 告诉你吧，那一年夏天，听说草甸子上空有过，可谁半夜三更地起来瞧那玩意儿？ 第二天还得早起干活。"

"你没看？"芩芩惊讶得眉毛都扬起来了。

"那全是胡诌八咧，什么北极光，如何如何美，有啥用？ 要是菩萨的灵光，说不定还给它磕几个头，让它保佑我早点返城找个好工作……"他往水里扔着石头。

芩芩觉得自己突然与他生疏了，陌生得好像根本不认识他了。 这个恋爱一年已经成为她未婚夫的人，他就这么看待她心目中神圣的北极光吗？ 不认识他？ 不认只怎么会全家人嘻嘻哈哈地坐在一起喝酒呢？那还是夏天。你明明知道他就是这样看待生活的，你现在不是就要开始同他生活在一起了吗？两个月六十天，不算今天，就是五十九天。大红囍字、出租汽车，然后是穿鞋、点烟……客人散尽了，在那"中西式"的新房里，亮着一盏嫦娥奔月的壁灯，刺眼而又黯淡，他朝你走过来，是一个陌生的黑影。黑影不见了，壁灯熄灭了，贴近你的是混合着烟和酒味的热气……黑暗中你瞥见了一丝朦胧的星光，你扑过去，想留住它，让它把你带走，可它又倏地消失了。黑暗中只有他的声音，糊里糊涂堵住了你的喉咙……她明明知道，在那拉上了厚厚窗帘的新房里，那神奇的光束是再也不会出现了，再也不会了……

芩芩把她柔软的黑发靠在窗框上，垂下头去，一只手勾起深红色的拉毛围巾，轻轻揩去了腮边的一串泪珠。她的心里为什么有那么多的忧伤？难道不是她自己亲口答应了他的吗？事到如今，难道还有什么办法可以挽回这一切？人们会以为她疯了，他呢，说不定也会痛苦得要死。该回去了，否则他会气急败坏地跑来找她，也许他早已在车站上等她，肩上落满了雪花……该回去了，玻璃窗上的冰凌花若明若暗，很像小时候舅舅走的那天。他就是寻找比这冰凌花还美得多的北极光去了。然而天暗下来了，很快的，就该什么也看不见了……

她忽然把脸埋在围巾里，低声抽泣起来。蓦地，她似乎听到了教室里有一点响动，便很快收敛了哭声。她默默站了一会儿，摸到自己座位上去找那个笔记本。

"哐——啷——"是一支铅笔盒掉在地上了，橡皮铅笔滚了一地。她抬起头来，这才发现中间的座位上有一个人影。

"谁？"她吓了一跳，头发也竖起来了。

"一个你不认识的人。"传来一个鼻音很重的男声，遥远得好像从天边而来，严峻得像一个法官。

芩芩站住了，她不知道是应该走过去还是应该赶快走开。

"你，你在这儿干什么？"她想起了自己刚才的哭泣，竟然被一个陌生人听见，顿时慌乱而又难为情。

"对不起，这是一个公共的教室，你进来的时候，并没有看见我，而我对于你也是完全无碍的。我一直在背我的日语，如果不是你……"他弯下身子去摸索那些地上散落的东西。

芩芩这才想起来去开灯，如果不是碰掉了人家的铅笔盒，她真希望就这么悄悄走开，谁也不认识谁。可是——

两支并列的 40 瓦日光灯，清楚地照出了他高高的鼻梁上厚厚的眼镜片，在那厚得简直像放大镜一般的镜片后面，凸出的眼珠藐视一切地斜睨着，光滑的额头，下巴上有几根稀落的短须。然而他的脸的轮廓却很漂亮，脸形长而秀气，两片薄薄的嘴唇，毫不掩饰地流露着一种嘲弄的神态……

他似乎也在默默地注视着她，他在嘲笑她吗？嘲笑她刚才的眼泪，或者是想问："你从哪里来呢？以前我怎么没见过你？""我也没见过你呀。""噢，我知道，你是业大日语班的，借附中的教室。""我也知道了，你是这个大学的学生，虽然你没有戴校徽，可我会看……""你刚才为什么哭呢？""不，没有，我没有哭。""哭了，我听见的，你有什么伤心事？""伤心事？没有没有，什么也没有。我很快乐，我就要结婚了。人家介绍我认识他，他对我很满意，他家里对我也很满意，我对他——没有什么可挑剔的，如果我不答应，大概就找不到这样好条件的对象了。我要结婚了，所以我很伤心。不不，不是这样的，你不知道，一点儿也不知道，一句话是讲不清楚的，你别问了，我不认识你……"

眼镜片在日光灯下闪烁，他薄薄的嘴唇动了动，却没有声音。他什么也没有问，好像世上的一切都同他无关。

"我，我的钱包丢了，所以……"她冒出这样一句话来，难道是想掩饰她刚才的眼泪吗？多么可笑，或许他根本就没有注意到。

"钱包？"他不以为然地哼了一声，"我从来就没有钱包，因为没有钱。可敬的小偷，愿他们把世人所有的钱包都扔进厕所，那钱包里除了装着贪欲，就是熏黑了的心。"

"可敬？你说小偷可敬？"芩芩倒抽了一口冷气。

他摆了摆手："诚然，小偷是极端的个人主义者，损人利己，甚至有时还谋财害命。咱们且不谈造成这些渣滓的社会原因，但更可恶的是在我们的生活中有那么些人，他们侵吞着人民的劳动成果，却冠冕堂皇地教训别人。他们不学无术，又不懂装懂；利用手中的权力，可以把几百万人民币变相装入自己的腰包。"

"有这样的事情吗？"芩芩的脸色有点发白。 她站着，他也没有请她坐。 她本来是想把铅笔盒捡起来立即就走开的。

"给你举一个简单的例子，我们学院里有一位教师，平时工作勤勤恳恳，因为没有住房，夫妇长期分居两地，几个孩子都小，生活相当困难。 这次调整工资，系里的领导争着为自己提级，他们俩最后都被刷下来了，还被说成是无能、业务不行。 他们无处申辩，只好夫妻双双一起跳楼……"

芩芩禁不住冒了一身冷汗，她是最怕听这样悲惨的故事的。 他给她讲这个干什么？

"再比如，"他用一把铅笔刀在桌上轻轻划了两道，"去年我们学院毕业分配，全部面向基层，可是一位副部长的一张纸条，就把他未来的女婿调到北京去了。 人们满肚子私欲，却口口声声指责青年人缺乏共产主义道德，何等的不公平！ 还有谁会相信那些空洞的说教呢？ 人们对政治厌恶了，不愿再看见自己所受的教育同现实发生矛盾，与其关心政治，倒不如关心关心自己……这就是对'突出政治'的惩罚。 我说这些只不过是为了证实……"

芩芩发现他的口才很好，几乎不用思索，就可以滔滔不绝地讲上一大堆。 她不觉有几分钦佩他，他讲得多么尖锐，多么深刻呀。 而无论在讲述什么的时候，他的嘴边总挂着那么一点儿嘲讽，脸上既不愤怒也不忧郁，语气平淡无奇，好像这一切都同他无关。

"唉，我们这代人，生不逢时，历尽沧桑。 没有看到什么美好的东西，叫人如何相信生活是美好的呢？ 理想如同海市蜃楼，又如何叫人相信理想呢？ 有人说这叫什么虚无主义，我认为也总比五六十年代青年那种盲目的理想主义好些……"

芩芩"啊"了一声。

"是啊，我对你说这些干什么？"他突然站起来，匆匆地收拾桌上的那一堆书，"你难道心里不是这样想的吗？ 人们只是不说出来罢了，天天在歌颂真实，可是真实却像一个不光明正大的情人，只能偷偷同它待在一起。 正因为我不认识你，才对你说这些话。 你以为我很爱说话吗？ 哈，我想，恰恰也许因为我已经一个星期没有同人讲话了……"

"那你……"芩芩怯生生地问，"和你的同学也不说吗？你不闷得慌？ 你们，大学生……"

"大学生？ 你不也是大学生吗？ 只不过是业余的。 可他们，只比你多一个校徽，或者外加一副眼镜罢了。 大学？一个五花八门的大拼盘，一个填鸭场，一支变幻不定的社会温度计。 设想得无比美妙，结果大失所望。 男同学们，开'广交会'，拉关系找门子……"

"为什么？"芩芩笑起来。

"为了毕业分配呀。 女同学们，嗯，热衷于烫发，一个卷儿一个卷儿地做，比学外语热心多了。嗬，你为什么没有——？"他做了一个卷发的手势。

"我……"芩芩不知该怎么回答。她应该说："你如果再过五十九天看见我，我一定不是现在这个样子了，结婚是一定要烫发的。"可她却什么也没说。

"好了，今天我说得太多了，我要走了。在这个校园里，简直无法找到一个安静的地方！你继续研究你的玻璃吧，没有人妨碍你。人在不发生利害冲突的时候总是友好的。"

他夹着一包书站起来，好像没有看见芩芩似的朝门口走去。

"哎——"芩芩不知为什么觉得很怕他就这样消失在自己的眼前，她突然产生了一种很想结识他的愿望。她叫住他，却不知说什么才好。

"你，你是日语专业的吗？"

"是的。"

"我，我也学日语。可以，向你请教吗？"

他偏着头，既不显得特别热情但也没有拒绝："可以。"他说，"不过我的时间不多。"他的镜片闪了闪，好像在想什么，"你，你做什么工作？……你，看上去很单纯……"

"仪表厂的装配工，陆芩芩。你，叫……"

"外语系七七级一班，费渊，浪费的费，渊博的渊。"

他甩了甩头发，就走了出去。芩芩望着他的背影，发现他的个子很高，偏仰着脑袋，走起路来，显得颇为潇洒而又有些傲慢。

"你继续研究你的玻璃吧……"他的声音留在教室里。可是窗外已经全黑了，玻璃上的冰凌花已失掉了它诱人的光彩。"北极光……他会知道北极光吗？"芩芩找到了自己的笔记本，轻轻掩上教室的门，走下楼梯的时候，忽然这样想。

四

生活以其固有的流速向前推进，既不会突然加快也不会无故减缓自己的节奏。在它经过的地方，不同的地貌地形、不同质的土壤地层，留下了不同形状的痕迹。每个人都生活在属于自己而又与外界有着千丝万缕联系的世界里，彼此之间是如此地难以相通。一九七六年那春寒料峭的四月，曾使得千千万万人的血和泪流在了一起，一下子冲决和填平了十年来横在人们心灵之间的大大小小、形形色色的相互防范、警戒、自卫、猜疑的堤坝和沟壑。然而这种共同的愤怒和欢悦却是短暂的，时间的流水总是在不断冲刷出新的壕堑。当一九八○年隆冬的严寒笼罩了这个城市的时候，由于河床的突然开阔给人带来的朦胧而又忽远忽近的前景，青年们所苦恼和寻觅的，就远比四年前要更丰富更深广了……

七六年十月那惊天动地的事件爆发的时候，芩芩还在农场，一点儿也不知道中国将要发生什么重大的变化，在那安静的小镇上，生活就像水银在那儿慢吞吞地流动，没有热度也没有波澜。 场部传达粉碎"四人帮"的那天，芩芩只是看到连队的一群上海知青、浙江知青和哈尔滨知青的"混合队"，在破旧不堪的篮球场上踢了大半天足球，好像天塌下来也压不着他们。 那些南方知青的年龄都比芩芩要大几岁，来农场七八年了，好像他们天下什么苦都吃过，什么都懂，什么都不在乎。 他们干活儿都很卖力气，割水稻尤其快，大车也赶得不错。 喜欢用东北方言夹着南方话说话，什么"俺们喜欢吃香烟""劳资科长贼缺德"。 他们最关心回家探亲的事情，探亲一回来就在地头没完没了地讲许多新闻。 芩芩对于社会的最初了解，就是从农场开始的，可惜那段时间太短，也许再待两年，她就不是现在这个样子了。 她的履历表简单得半张纸就可以写完。"文革"中父亲也挨过斗，她刚十岁，学会了买菜做饭照料弟弟。 没几天父亲就解放了，"结合"当厂政宣组的副组长。 她下乡、上调，也有过许多烦心的事，但总比别人要顺当些。 她用不着像有的人那样煞费苦心地为自己的生活去奔波，所以她看见的邪恶也许就比别人要少些。"你去办一个病退试试，就是林黛玉也要堕落的！"连队的一位比她大几岁的女友对她嚷嚷。 因此，对于那些"文化大革命"后期分配到这边疆农场来的老大学生和南方知识青年，她总是抱着一种莫名其妙的崇拜心理。

她所在的连队来过一个建工学院毕业的大学生，当食堂管理员。 他常常算错账，因为他在卖饭菜票的时候也常常在看书。　他的理想好像并没有因为他的处境艰难和遭遇不幸而泯灭，而只是暂时被压抑、限制了。　他只能拼命地读书，总好像在思索着什么。　他究竟在想什么呢？　芩芩好奇地留心观察、猜测他，久而久之，她竟然不知不觉地惦念起他来。他有胃病，常常胃疼得脸色发白。　有一次他去哈尔滨公出，连队卫生员让他去医院做胃透视检查。　三天以后他回来了，不知从哪儿弄来了不少书。"透了吗？"芩芩问他。"透了。"他心不在焉地回答。　那天卸煤，他热得脱了大衣，"啪——"什么东西从他衣袋里掉出来，上面写着字："硫酸钡"。　硫酸钡还在衣袋里，那还用问，准是没有去透视。芩芩不禁油然生了几分怜悯。　不久后他调走了，他的女朋友是他大学的同班同学，听说分配在贵州山区的一个公社当售货员。　他就是到她那儿去，到那儿他就可以在中学教物理课，不卖饭菜票了。　他走的那天，芩芩一个人躲到草甸子里去了，她采了一大抱鲜红的野百合，又把它们统统扔进了河里。　假如他不走呢？　假如他没有那个女朋友呢？　芩芩想着，哭了起来。　她不知道自己这是怎么了。　如果说曾经有过那么一次朦胧难辨的微妙感情，就那样连百合花一起扔在小河里，漂走了。　从此以后她再也没有见过他那样的人。他是南方人，喜欢把"是的"，说成"四的"，她经常笑话他。"你很单纯。"他有一次在路上碰到她，这样对她说。她那会儿正把一捆从大车上掉下来的谷子送到场院去，这是他单独对她说过的唯一的一句话，如今她竟不知道他在哪里。 呵，真是奇怪，怎么会想到他来的呢？

也许只是因为她觉得那个费渊有一点像他吧，费渊的口音也像是南方人，"你看上去很单纯"，他也这么对她说。刚刚认识不到半小时，他是从哪里看出来的呢？ 难道他自己很复杂吗？ 芩芩倒恨不得自己也能复杂一点，那样的话，她对生活中的许多问题，也许就不会总是想不通，总是苦恼了……在农场时生活艰苦，劳动繁重，饱饱地吃上一顿，甜甜地睡上一觉，什么忧愁都置于脑后了。 总觉得那绿色的田野，连着远方的希望，有一天会走近……可是返了城，进了工厂，日子倒反而显得平淡无味。 生活遥遥无期，好似在大海行舟，望见深蓝的地平线，充满无数幻想，然而驶过去，仍然是一片苍茫的海水，偶尔瞥见一座小岛，也是寂寥无人，即使登陆上去，海上漂过一叶白帆，你挥手召唤，却再无人呼应，或许那船载的就是寂寞和孤独……

厂里新开了图书馆，芩芩除了学日语，有一点时间都泡在小说里。 可是书读得越多，却越发觉着生活的不如意。在农场时没有什么书可读，倒有如一潭宁静的水池，既无涟漪也无烦恼。 芩芩不知自己现在的这种情绪是好还是不好。四年来，不断发展变化的社会生活常常给人以信心和力量，可是这种变化什么时候也能在自己身上表现出来呢？ 芩芩每天早上醒来的时候，总盼望这一天里会有什么意外的事情发生，可是日日平安，天天如此。 傅云祥除了更换衣服，连讲话的声调都是回回相同，一周重复一次。 芩芩盼望明天，明天来而复去，也并不使人乐观……

　　自从那个星期天傍晚芩芩去教室取笔记本以后，特别盼望去业大上课的日子。　坚持业大学习十分不易，开学时全班有六十多人，到期中就只剩了一半。　有的人是因为工作脱不开身，领导不支持，几次落课，就跟不上趟了；有的则是因为家务拖累。　有位大姐三十四岁，两个孩子，还来学日语，有时孩子一病，她就没办法。　芩芩上的是长日班，除了傅云祥找她看电影以外，倒没有什么其他的困难。　她很喜欢日语，倒不是喜欢日语的发音，而是喜欢从那陌生然而节奏感很强的音节里，体验、揣摩日本民族的那种执着向上的奋斗精神。　她刚刚看过一本写日本民族从明治维新以来一百年间怎样发愤图强的书，叫作《激荡的百年史》，从里面她仿佛听到那岛国上传来的自强不息的呐喊……由此她又听到了我们中华民族的呐喊，这种呐喊虽然暂时低沉，有朝一日也许更加雄浑有力。　当然这种联想是近于可笑的，但芩芩的日语学得十分认真和刻苦。　同班的业余大学生们的水平都不高。她早就盼望着能有一个人辅导自己。　突然黑暗中冒出了一副眼镜，一个费渊，她怎么能不喜出望外呢？　更何况，他像十九世纪的德国人一样注重思辨。　和他谈话，哪怕只有一分钟，也不会没有收获。　与他相比，傅云祥是一个地道的中国人，注重实际，不，也许有点儿像犹太人……她的脑子乱了……

　　一连好几天，芩芩下了课，总是磨磨蹭蹭地走在最后面。 她穿过二号楼那狭窄的走廊，不时地东张西望，希望在哪个拐角能偶尔碰上费渊。 有时她借口一点什么事，绕弯到学院的主楼去。 主楼宽敞的走廊里昏暗的灯光下，隔一段就放着一张椅子或是窄小的课桌，有人趴在那儿做作业，也有人三三两两在低声讨论着什么，还有人面冲着墙壁，一个人在叽里咕噜地念着什么……芩芩心里对他们羡慕得要死，因为她只差十四分没考上正规大学。 如果不是复习功课期间妈妈老让那些热心的媒人来麻烦她的话，这十四分一定不会丢。 结果大学没考上，来了个傅云祥，十四分，好像他就值十四分。 妈妈倒比她更喜欢他哩。 他每星期天给她家送去别人买不到的新鲜猪肝和活鲤鱼，他送给芩芩别人买不到的出口丝绸衣料，进口的款式新颖的女式短大衣，还有漂亮的奶白色牛皮高跟鞋……他什么都能买到，芩芩常常会有这种感觉，好像连她也是他买到的一件什么东西。 只是他从不小气，舍得花钱。 他捧着大包小盒进门，她在他的督促下不得已试试那些衣物，试一试也就脱下来锁进了箱子。 他也天天很忙，忙得连报纸也没有时间看。 他见她学日语，也不反对，管她叫假洋鬼子，学她的发音，怪腔怪调，叫人哭笑不得……

可她却希望有人能同她说一句日语，哪怕只是几句简单的对话。 大学昏暗的走廊，朗朗的读书声在四壁回响，这种气氛不仅使人感到亲切，而且使人心里踏实。 他一定会在这儿的，芩芩这样期望。

可是她始终没有能够碰到他，他从来没有在这儿出现过。他在图书馆吗？还是在自己教室？那个星期天下午他为什么躲到附中的教室去？为图清静吗？她不能到他的教室去找他，她不敢，因为她毕竟没有什么找他的借口。

这一天下了课，她独自一人出了二号楼，突然闪过一个念头，径直往主楼的地下室走去。她知道那儿有一个资料室，不过晚间是不开门的。她干吗要从那儿走呢？黑洞洞，怪吓人的。她站在那儿犹豫了一会儿。

忽然她听到里面传来了一种含糊不清的声音，低沉的，连贯的，好像在背诵什么，带着很重的鼻音。她的心头跳了跳。是的，是日语。她听见过一次，便不会忘了这声音。

"谁？"她大声用日语问。

"你或许不认识。"

那背诵的声音停止了，懒洋洋地答道。

"不，我认识。"

"那么，你是谁？"

"我是业余……"她卡住了，以下她还不会说。

"噢，是你吗？研究玻璃的！"他从黑暗中走出来，披着一件深褐色的皮夹克，搓着手。

"这儿，很冷吧？你，你真用功！"芩芩诚心诚意地说。

"用功？还不是为了毕业分配混个好工作。"他皱了皱眉头，"人总得吃饭才能生存。"

芩芩有一点儿尴尬，她没有想到他会这样回答。

"你在背课文吗？"她问。

"课文？ 你以为背课文会有什么出息吗？ 蠢人才这么干。 早稻田大学的研究生可不是背课文能培养出来的。我——"他开始用日语念起来，很长，好像是诗。

"明白了吗？"他低头问芩芩，很像一个老师在考问他的学生。

"不……"芩芩脸红了，"我，听不太懂……"

"噢，是我自己翻译的一首波斯诗人莪默·伽亚汉的诗：'我们是可怜的一套象棋，昼与夜便是一张棋局，任它走东走西或擒或杀，走罢后又一一收归匣里。'明白这诗的含义吗？ 深刻！ 人生就是这样，任何人都受着命运的摆布和愚弄，希望只是幻想的同义词……"

地下室里好像有一股冷风，芩芩打了一个寒噤。

"找我吗？"他好像才想起来。

"不……是的，我想问问你……也没有什么……"

"抱歉！"他把两手一摊，"现在我没有很多时间，晚上我必须做完我应做的功课。 你，很急吗？"

"不，不很急。"

"那就星期天吧。 星期天我在这儿，不在这儿就在宿舍，三号楼三三三房间。"

"星期天……"芩芩犹豫了一下。 她想说，星期天怕没有空。 可他已重新钻入那黑暗的过道中去了。

"他真抓紧时间。"芩芩这样想,"真不应该打扰他……星期天,该怎么办呢……"

恰恰星期六那天下了整整一天的鹅毛大雪,傅云祥在星期六晚上兴致勃勃地跑来找她,说他要和军区大院的几个干部子弟坐吉普去尚志滑雪,问她想不想跟他们一块去。"跟?我才不呢!"她一反常态地用挖苦的口气说,"你愿跟,你就跟,我可不想当'仿干'!"

"仿干"是她从业大的同学那儿听来的一个新名词。嘲笑那些一心想模仿干部子女的人。比如说有的人喜欢故意装出一副神气活现、傲慢无礼的样子,看什么都不顺眼,管公共汽车叫"那破车",刚认识就说:"给你留个家里的电话吧!"其实是传呼电话。这种人就叫"仿干"子弟。芩芩不太明白这些人为什么不学学干部子女那种好的品质,更无法理解人为什么要有这种虚荣心,也许是希望过好日子的一种正常心理吧。傅云祥的父亲只是个小小的处长,他却爱和省委的一批干部子弟打得火热,只是不像通常的那些"仿干"那么令人讨厌。

这场雪倒意外地"解放"了芩芩。星期天上午她兴冲冲去附中的业大上课,散了课出来,却见学院的大门口贴着一张通知:

各系留校同学注意:铁路货场告急!星期天下午在此集合去车站清扫积雪,义务劳动,希望踊跃参加!

每年冬天都有此类事，大雪常常堵塞交通，于是倾城出动，满大街铁锹镐头叮当响，冻得人脸通红。芩芩每回总是积极的响应者。不过今天她却不高兴。下雪刚刚帮了她一个忙，却又在这儿同她捣乱。费渊要是去扫雪，不就又是碰不上了吗？她轻轻叹一口气，有点儿拿不定主意去还是不去。

"去试试吧，或许在呢。"她在那张通知下站了一会儿，想了想，抱着一种侥幸心理，还是往三号楼走去。大道上的积雪已经被清扫到两边，露出灰色光洁的水泥方块，松软的新雪刺得人睁不开眼睛，寒风时而吹落大树上一团团棉絮似的白雪，掉在她的红围巾上。

"三三三"，她在幽暗的走廊里勉强辨认出门上的号码，敲了敲门，没有人答应，"一定是去扫雪了。"她失望地想，正要走开，门却突然打开了一条缝，闪过一副镜片。

"是你？"门开大了，他捧着一部字典，朝她点了点头。

芩芩觉得有点意外。虽然她希望自己不要扑空，可他在了，她又并不觉得高兴："你，没有去扫雪？"她脱口而出。

"扫雪？"他似乎觉得她问得奇怪，"把时间白白浪费在那阳光早晚会使它消失的东西上吗？那只是正在争取入党的积极分子会去干的事。"

"你不是？"

"当然不是，全身所有尚未被吞噬的红血球加起来，充其量不过是一个爱国者。"

"信仰呢？ 什么也不信吗？"

"很可能。 为什么要信仰呢？ 信仰本来是无所谓有，也无所谓无的。 上帝只是我自己，无论在地狱还是在天堂，我只看到一条出路：自救！ 我们这一代人只能自救！"

"先救国呢还是先救自己呢？"

"当然先救自己！ 我从来不认为什么'大河涨水小河满'是符合科学原理的，只有小河的汇集才有大河的奔流。人也同样，十亿人中产生十万名科学家，中国就得救了。 扫雪？ 扫雪怎么能与此相比？ 嘀，你是准备站一会儿就走吗？"

芩芩这才发现自己竟还站着，宿舍不大，放了四张上下铺，可以睡八个人，床下门边堆满了箱子，显得拥挤不堪。靠窗那儿有一张两屉桌，坐在床上，就得缩着脖子，但她发现床上桌上统统堆着凌乱的书和杂物，根本就没有什么地方可坐。 有一堆书好像还是湿漉漉的。

"不巧，暖气漏了。"他欠起身子把对面床上的东西移了一下，"漏到书箱里去了，没办法，大学的条件就是这样，算是看透了！ 今天找不着水暖工，大概也去扫雪了。 你先将就坐吧！"

芩芩表示完全不介意的样子，在床边坐了下来。 不料大腿上却重重地硌了一下，她低下头一看，原来是一本硬面的影集，边上磨损坏了，显得很旧，还湿了一个角。

"你的吗？"她把它抽出来，拿在手里。

"算是吧。"他接过去，不经意地翻了翻，随手扔在桌上，"不过，那个我，早已不存在了。现在的我，是这样的——"他指了指自己的床头。

芩芩这才看见，他睡的下铺的里面墙上，挂着用两块玻璃夹起来做成的简易镜框，里面有两张照片，一张是他的正面相，却闭着双眼，两只手捂着耳朵；另一张不大看得清，似乎就是他的一个背影。镜框旁边，贴着一张狭长的白纸，写着几行诗：

"我要唱的歌，直到今天还没有唱出，每天我总在乐器上调理弦索。"

"泰戈尔的诗，是吗？"芩芩问。她的眼睛顿时放出了光彩。她没想到费渊也喜欢泰戈尔。傅云祥是不喜欢诗人的，他称他们为"梦游患者"。可费渊为什么偏喜欢这两句呢？芩芩却喜欢泰戈尔这样的诗句："花儿问果实：果实呀，我离你还有多远？果实说：我在你的心中呢！"这几句是大意，她还能背出许多原诗，比如："我的一切幻想会燃烧成快乐的光明；我的一切愿望将结成爱的果实。"她真想给他背一遍，可是她发现他仍然在翻那本厚厚的字典，马上兴味索然了。

"为什么说这里的你已经不存在了呢？"她把那本旧的相册拿过来，随口问。

"你自己看吧。"他没有抬头。

芩芩心里颇有一点儿责怪他的这种古怪脾气。 他好像在查阅一个什么单词，沉醉在自己的思维中，世间万物似乎都与他无关。 这个样子，芩芩准备向他请教的问题也就不好马上开口。 于是，她翻开了影集的第一页。

——哟，多么漂亮的画面啊：银色的飞机，宽阔的机场跑道，一个外国总统模样的人，正在接受一个中国儿童的献花。 那是一个好看而可爱的小男孩，微微卷曲的头发，漆黑的大眼睛里满是天真的问号。 他伸长胳膊，正把鲜花投到外宾的胸前，那幸福的表情好像整个世界都对他张开了怀抱……

那是二十几年前的费渊，在一个南方的大城市。 从他脚上那双亮晶晶的小皮鞋上看得出来，他有一个幸福的童年，一个优越的家庭。 生活本来也许是应该让他径直走进那银色的机舱，在灿烂的朝霞中飞入高高的云天的，可他却为什么来到了这里？ 在这八个人住的潮湿的集体宿舍，暖气管漏着水……

翻过去，他突然地长大了，脸上出现了棱角，表情可怕得像一个凶神。 他站在台上，抓着话筒，好像要向全世界宣布什么，臂上挂着红卫兵袖章，那芩芩少年时代曾羡慕入迷过一阵子的红布条。 他在喊什么呢？ 大概是喊什么"誓死捍卫……"或是喊"横扫一切牛鬼蛇神……"当然喊过，芩芩也喊过，只是不懂那究竟是什么意思罢了。 呵，当年，他也有过这种热血沸腾的时刻？ 这同他现在这种冷若冰霜的外表简直判若两人，就好像蚕不应变成从茧子里飞出来的面目全非的蛾子一样。那时他一定相信自己是在捍卫真理，芩芩也曾这么相信。可是真理到底在哪里呢？他从那讲演台上走下来，岂不是如同从一个虚设的真理的空中楼阁一步跌到大地上来一样吗？他一定摔得遍体鳞伤，要不，他的眼神不会这样沉郁阴冷……

呵，这大概是他的全家照了。照片上写着日期：六八年十月。一定是他下乡前留的纪念。这是他的父亲，他的脸形很像父亲，清癯秀气；他父亲的衣着很普通，显得忧虑重重，疲惫而憔悴，然而却坐得那么挺直，眉宇间分明有一种不凡的气质。这大概是他的母亲，芩芩觉得他的母亲很美，他的五官不像母亲那么柔和、匀称。她虽然脸上没有一丝笑容，然而端庄、沉静，那紧抿的嘴角上有一种知识妇女内在的自负，真像一位大使夫人。她的身边还有一个小姑娘，一定是费渊的妹妹了，好像因为害怕照相馆的刺眼的灯光而缩着脖子，但也许是那几年的混乱中总习惯于躲在她哥哥背后的缘故。呵，这是他，唯有他的神态仍是坦然、自信的，仰着脸，那么满不在乎，好像就要迎着草原初升的太阳走去，在那无边的草原上开满了鲜花、飘舞着红旗。那时他嘴角上还没有芩芩现在看到的那种嘲讽的神情，他的眼睛多么虔诚、热情呵！芩芩真想能看一看当年的那个他……

"你爸爸……"她终于忍不住问，"他们现在在哪儿？"

他头也没抬，若无其事地答道："死了。"

047

芩芩的头皮一麻。

"他，他是……"

"曾经是一个驻东欧国家的大使。"

"为什么？ ……"

"因为人所皆知而又无人得知的原因，一九七〇年死于监狱。"

他不再作声。 暖气仍在漏水，滴答，滴答……

芩芩呆呆地坐了一会儿，揉了揉眼睛。 她很想找出一句话来安慰他，可是她能说的，他一定都听到过，他似乎也并不需要什么安慰，难道他的安慰在字典里吗？

她轻轻翻开了影集的下一页，起初她以为看错了，又看了一眼，不觉大大惊讶起来。 这是一张县知青积代会的集体照，人人戴着大皮帽，大棉袄胸前别着大红花。 芩芩几乎很难从中找到他。 他好像突然变成了一个朴实憨厚的青年农民，似笑非笑地咧着嘴，眉间似有一点儿难言的苦衷。 他的额头上出现了几丝淡淡的皱纹，很像那用来做大红花的皱纸……

照片上方印着几个规规矩矩的字：一九七〇年同江县。

七〇年？ 七〇年不正是他父亲死在监狱里的时间吗？而他居然在县里参加知青积代会，四处汇报讲用，真令人难以相信。 但这却是事实。 没有比这样的影集所展现的历史更真实的了。 芩芩想起她原来所在的连队的那些积极分子，有一次她请假上卫生所看病，她们却偷偷跟在她的后面；有一次她邻铺的一位女连长头发上生了虱子，芩芩叫她好好洗洗，她却说："你没有虱子，说明你没有改造好。"真叫人哭笑不得。 所以她怎么也没法设想眼前的费渊曾经会同那些人坐在一起，她突然为他感到脸红了。 可是，她难道没有拼命地挖过土方吗？ 仅仅只是为了能在光荣榜上出现自己的名字……

还往下翻吗？ 好像剩不几张了。 这张好像是全湿了，是酒杯里的酒溢出来的吗？ 整个画面都是酒杯，不，是搪瓷缸、大海碗、断把的刷牙杯、玻璃瓶子，满的、空的都有，碰撞在一起，好像听见一群流落他乡的孤儿绝望的呼救。 杯子在摇晃，冲出来一股难闻的酒味，上头为什么没有他呢？ 他醉了，一定是醉了，如一团烂泥瘫在那破炕上，没有炕席的土炕面，泥巴和酒混在一起。 为什么？ 他不是全县的知青典型吗？ 他也酗酒？ 芩芩真的闻到酒味了，这张照片这么湿，好像就是从那堆五花八门的杯子里冒出来的酒，留在照片上，直到今天还没有干……

她把这照片小心地抽出来，掏出手绢去擦，无意地翻过来，发现背后有一行毛笔写的字：

"亚瑟第一次从监狱里回来的日子——一九七一年九·一三。"

芩芩当然记得，九·一三是林彪自我爆炸的日子。 为什么把他同亚瑟联在一起？ 她看过《牛虻》，牛虻第一次从监狱里出来，因为发现自己被神父欺骗，信仰受到了玷污而痛苦得想要自杀。 费渊也曾想自杀吗？ 芩芩小时候有一次因为爸爸答应带她到大连姥姥家去玩，结果却带了弟弟，也曾经想过自杀。 就那么一次。 而他，虽没有死，却把心泡在酒精里了……

芩芩浑身发冷，真想扔了那影集逃走。 忽然却从那影集里滑出另一张照片来，似乎是随随便便夹在里头的——

画面上也没有他，只有无数的白花，像北方的雪野，纯净，圣洁。 芩芩见过这白花，是在四年前悼念总理的电视上，在去年平反的"四·五"战士的新闻报道图片里。 那里献给总理的花，开在长青的松柏上，开在最冷最冷的一月……

"你照的？"她轻轻问。

他从字典里抬起头来，一副茫然若失的神情，推了推眼镜，盯住了那张小照，半天，才说：

"七六年一月回家探亲，正好路过北京。 都看见了，什么都看见了。 总理这样的伟人，结局尚且如此悲惨，人间还有什么正义可言？ 从此，原来的那个'我'不复存在了。 懂吗？"他垂下头，声音有一点嘶哑："本应该烧掉的，这本影集，还有什么意义呢？ 你不应该看。 你太小啦，看不懂……"

"为什么看不懂？ 你怎么知道我看不懂？"芩芩像一个受了委屈的孩子似的叫起来，"你以为我就没有苦恼吗？ 我来找你……"

　　她来找他，究竟是为什么呢？　真的是为了学日语吗？她自己也不知道。　她平日从家里到车间，从车间到业大，从业大到傅云祥家，总要碰到许多人，陌生的、熟悉的人。　可是，她为什么一次也没有碰到过她想要碰到的那个人呢？　那个人是谁？　她不知道，反正不是傅云祥。　可是她却偏要同他结婚了，多么滑稽。　她是一个快要做新娘的人，她来找他做什么？　当然为了学日语，不可以是为了别的。　学日语也只是为了看懂日文商标和说明书，因为现在的仪器多从日本进口……她找他是为了学日语，心里却明明想从他那里，听到从傅云祥那儿不曾听到过的中国话。　是的，是中国话，而不是什么日语。　否则她就不会这么长时间地看他的影集，不会以这样的耐心等待他查完他的字典，也不会因为这浓缩了一个人二十年历史的发黄的照片，在短短十几分钟内，心里涌动起翻腾起伏的潮汐……她究竟是怎么了呢？

　　"你要提什么问题？　说吧。"他放下了字典，轻轻叹了一口气。　芩芩感觉到他在打量着她，他的目光变得温柔了……

　　"……是，是关于日语语法……"

　　芩芩的话音刚落，忽然听到从窗外传来一阵喧哗，欢乐的叫喊声中夹杂着铁锹乒乒乓乓敲击的声音。　芩芩好奇地探头过去把脸贴在玻璃上朝下张望，只见那条通往礼堂的大路上的积雪已被打扫得干干净净，一棵高大的杨树下什么时候耸立起了一个又高又胖的雪人，足有丈把高，浑身白得耀眼，圆圆的脑袋上只有两只眼睛乌黑乌黑，好像是嵌上去的煤块儿；鼻子红通通地翘得老高，芩芩仔细看，发现原来是一根胡萝卜斜插在那儿。雪人四周围了不少看热闹的人，一个穿黑色短大衣的小伙子正站在一只木凳上给雪人安耳朵，耳朵大极了，好像是两块大白菜的菜帮，耷拉在那儿，人群中不时发出一阵又一阵哄笑……

"嘻嘻……"芩芩也忍不住笑了起来。她回头对费渊说："你看——"

费渊没动身子，侧过脸去朝玻璃窗外扫了一眼。他对那个模样可爱的雪人似乎毫无兴趣，却留意地盯住了那个穿黑大衣的小伙了，忽然，他急不可待地站起来，推开小窗户，冲着那群人大声喊道：

"曾储！曾储！"

那个穿黑大衣的小伙子刚安装完了另一只耳朵，一边搓着手一边津津有味地欣赏着自己的杰作，听到叫声，仰起脸来。他看清是费渊，朝他挤挤眼睛，用手卷成一个喇叭筒，喊道：

"快下来吧，成天把自己关在那儿，快成了机器人啦！来欣赏欣赏我的雪人怎么样？"

费渊皱了皱眉头。

"找你半天了。这屋暖气漏水，你快上来修修吧，要发大水啦。"

"一时半会儿发不了，放心好啦！"他嘻嘻哈哈地摇着手臂，"快下来啊，看我这雕塑系的业余学员合格不合格？"

"你最好去上建工学院的采暖专业……"费渊在嗓子眼里嘀咕了一声，"快上来，没工夫同你开玩笑……"

"急什么？ 把你的破帽子扔下一顶来，这雪人光脑袋没长头发，要冻感冒了……"他把双手叉在腰里，笑嘻嘻地喊。 周围的人越发乐了。

"竟然有这种兴致，扫完雪还不过瘾……"费渊又嘀咕了一声，顺手抓起一只纸盒子朝外扔去。 纸盒在空中悠悠飘落下去，被那人一把接住，三下两下把盒子撕开，卷成了一个圆圆的筒，不知用什么东西一系，变成了一顶帽子，像一面小鼓，扣在雪人的头顶上，雪人顿时变得神气十足。

"有这种兴致……"费渊叹了一口气，关上了窗子。

芩芩舍不得回头。 她还在兴致勃勃地看着那个雪人翘翘的红鼻子。 无论她怎么看，那个雪人总好像在亲切地冲着她乐，笑嘻嘻地咧着嘴。 芩芩很喜欢它。 她看见那个穿黑大衣的小伙子又往雪人手里塞了一把破笤帚，和大伙嘻嘻哈哈乐了一阵，就很快走开去了。 他背起挂在树枝上的一只帆布工具袋，朝费渊住的这幢楼门口跑来。

"他们为什么没去铁路货场呢？"芩芩忽然问。

"大概是留校扫雪的那拨吧！"费渊心不在焉地回答。

门被"咚"地撞开了，一个粗壮的身影站在门口。"修暖气映！"他拉长了声音喊，由于跑楼梯，急促而有些喘息。他发现了芩芩，便收敛了刚才那随随便便的样子，肩上的帆布口袋叮叮当当直响，走进来，直奔窗口去。

"哎，先报告你一个好消息。"他严肃地对费渊说，声音里却掩饰不住兴奋和喜悦，"猜猜吧——"

"不知道。"

"我刚才听物理系的同学说，不久前美国哥伦比亚大学的李政道博士来中国招考研究生，一下子就招去了四名呢，全是三十上下的年轻人，而且成绩都是名列前茅的。这说明中国人的智力绝不比外国人差，只要努力，我们完全可以超过他们！"

"我还以为是什么了不起的事呢！"费渊冷冷地打断他，摇了摇头，"又不是你考上，犯得着这么激动，你真是……唉……"

"你……"曾储似乎想说什么，咽回去了，有点儿扫兴，"来，借光！"他朝费渊摆摆手，挪了一下桌子，从那帆布口袋里掏出一把扳子，就蹲在暖气片旁边检查起来。

"这几天活儿忙吗？"费渊双手叉在腋下，问道。

"冷热水循环，总是这样。还是忙点儿好，出全勤有奖金，加班有津贴……"

"当当——"他敲着暖气管，自言自语地说："噢，得回去取点儿螺丝。"他很快站起来，敏捷地一跳，油黑的短大衣碰掉了桌上的一本书。他弯下身去捡书，忽然问：

"哎，老费，借到没有？"

"什么？"

"书呀，那本书。"

"嗬，不好借，等过几天再去问问。"费渊回答。

他点点头，轻轻地哼着一支什么歌，拉开门走了出去。

"西班牙有个山谷叫雅拉玛，人民都在怀念它……"

他的嗓子不好听，但浑厚、低沉有力。芩芩觉得那歌的曲调是朴实动人的……

五

"一个水暖工。"费渊有几分抱歉地对芩芩说，"他一会儿还来，没关系，咱们谈咱们的，不碍事。"

"水暖工？"芩芩大大地惊讶起来，"他管你借什么书呢？"芩芩凭着刚才楼下窗外看见他"雕塑"的雪人，在心里断定这个曾储是那种无论干啥活也会想出法子玩儿的小青工，还喜欢开一点儿不轻不重的玩笑，有时来点恶作剧，挖苦起人来准叫你不想再活下去。他这种人居然还借书吗？

"一本经济理论的专著，你以为水暖工就不学无术？也许恰恰相反。现在有许多默默无闻的人，很像被不识货的工匠剔下来的碧玉，掩埋在垃圾里，也许会与垃圾一起被倒掉。这种悲剧不是已经发生过不少了吗？刚才那个人，叫曾储，比我小一岁，是老高一的学生，一个很不走运的人。噢，他新近刚进业余大学日语班插班学习，因为是这个学院的工人，老师给说了好话，否则进不去，像你们，不都是托人找了关系吗？"

"真的？"芩芩问道。她怎么记不起来有这么个"同学"？

门又撞响了，这回他好像为了表示礼貌，在门上"笃笃"地敲了两下。进了门，就把身上那件油腻腻的黑大衣脱下来扔在箱子上，一副要大干一场的架势。

芩芩留心地打量了他一眼。他的个子不高，结实而粗壮，两条胳膊好像充满了力气。他的长相很平常，小平头、四方脸，像一个普通工人，说不上有什么吸引人的地方。假如他走在街上的人群中，芩芩绝不会对他多看一眼，只是他的眼睛很灵活，有一种聪颖而热情的光泽，使人感到亲切。他穿着一件干净的蓝工作服，胸前竟然别着一枚金色的小鹿纪念章。小鹿的造型很美，撒开四蹄在奔跑……他似乎比他的实际年龄显得小些，内心的自爱又同他外表的随和那么不相称，这种不谐调使芩芩觉得似曾相识，她莫非在哪儿见过他吗？但绝不是在教室里……

她望着他的背影苦苦思索，呵，记忆这个爱和人捉迷藏的顽童，可算是让人捉住了。是的，就是他，一点儿没错。夏天时在江畔餐厅的柜台上，在一片嬉笑声中……

那是一个炎热的下午，江堤的柳树都热得无精打采，江滩上的沙粒烫得灼人。她和傅云祥骑车路过斯大林公园，傅云祥提议去喝汽水，芩芩懒洋洋地跟他走进了江畔餐厅。那俄罗斯式的带有彩雕、十字架和大露台的木房子，在远处望起来像一个美好的童话故事，而走近了却是一只盛着烟蒂和酒瓶的木箱。 餐厅里人很挤，喧闹而混乱，芩芩只好站在柜台不远的地方，用细细的吸管慢吞吞喝着汽水。"哎，你瞧……"忽然傅云祥推推她。"什么？""瞧那个人！"——柜台边上正挤进来一个小伙子，抱着一大堆汽水瓶子，看样子是要退瓶，可是服务员正忙着，他喊了好几声服务员也不理睬他。 柜台上有一只带方格的木箱，退了的空瓶子，是要插在那儿端走的。 他看了看那木箱，便把怀里的一大堆汽水瓶，一个个地插到那空格里去。

"瞧他，多蠢！"傅云祥挤了挤眼睛，吸了一大口果汁，舒舒服服地叹了口气，"他把汽水瓶都插到木格里去了，那木格子里还有别的瓶子，一会儿，你瞧他还能讲得清楚吗？"

没等芩芩弄明白傅云祥的意思，一阵尖尖的叫喊声就从柜台里飞出来了："你说你拿来十二个，谁见着了？ 哪儿呢？""我不是告诉你，我已经把它们放在木格子里了。"那人低声说。"放在木格子里？ 那谁知你放了几个呀？ 十二个？ 我兴许还说二十个呢！""你——"他顿时愤然涨红了脸，结结巴巴说："我明明放了十二个，你不相信？"他回头看了看周围，似乎想找个证人，却又把话咽回去了，"……你……我宁可不要你的钱，可你得把话说清楚了！"他不像要吵架的样子，却也不让人。"清楚？ 你自个儿心里最清楚！"戴着白三角头巾的服务员咄咄逼人，眼看一场"人造"的暴风雨就要降临，四周顿时围上来一帮终日无事、专看热闹的人。"得得得——"傅云祥扔了吸管，把手里的汽水瓶一撂，拨开人群走进去。"别吵啦别吵啦，这位大姐服务态度顶顶优秀，一个瓶一个坑不含糊，赶明儿奖金可跑不了啦！来，我给他当个证人，十二个瓶，一个不多一个不少，不信我帮你数数！你要乐意把奖金分我一半儿！"他嬉皮笑脸地把那木箱子摇得哗啦哗啦响。"谁要你数！"女服务员瞪他一眼。"要不这十二个瓶子算我的，豁出来才块把钱，回头盘货清账多了再给我打电话！"他装模作样地把两块钱递过去。女服务员禁不住"扑哧"一声笑了："快走吧，摊上你这号皮子，哼！"傅云祥推了一把那个发呆的小伙子，挤出了人群，高声对他说："往后可记着点儿，别这么傻气了！你好心好意帮她放好，她还信不着你呢，人哪！"他感慨地摇摇头，得意地朝芩芩飞了一眼，意思是说："瞧我的，怎么样？"

那个人一句话没说，不好意思地朝傅云祥点了点头，走开了，头也没回。芩芩只记得他黑黑的皮肤，一双眼睛不大，但很亮。对了，衬衫上就别着这么一只飞跑的小鹿。当然是他，一点没错。从外表看，他脸上有一种深思的神情，怎么会连汽水瓶怎么退都不知道？除非是那种心地过于纯正的人，相信别人都同他一样天真无邪，这种人现在可是实在不多……

"老费，最近你注意报纸杂志上发表的那些关于经济改革的文章了吗？"他蹲在一边忙碌着，忽然问道。

"唔？"费渊漫不经心地答应了一句，"说什么？"就这么一会儿工夫，他又埋头到他的字典里去了。

"我在一篇论文里看到一段话，觉得很有道理。它说今天的中国很像一个大实验室，开始被允许进行各种试验。这种试验也许成功，也许会失败；也许会发现新的元素，也许有爆炸的危险，但它的意义在于我们已经打破了原先僵化的硬壳，什么困难也不能阻拦我们了。联系马克思的《资本论》第二卷……"

"又是《资本论》！"费渊合上了他的字典，用一种教训的口吻说，"我告诉你多少次了，不要再去做这种徒劳无益的蠢事。什么企业经营管理方式，什么经济体制改革，这同你的切身利益有多大关系？啃着冷窝头，背着铺盖，搞什么社会调查；饿着肚子，冒着风险办什么业余经济研究小组，有多少人关心你？过多少年才见效？而你现在迫切需要的是吃饭！是工作！是不再干这个又脏又累的水暖工！如果你狠下心学日语，两年后翻译出一本书，或许就会有哪个研究所聘请你去当助理研究员。你不愿翻译书，可以考研究生，你干什么不行，偏偏要研究什么《资本论》……"

芩芩惊讶费渊竟然一口气说了那么多话，看来如果不是因为非说不可或是憋了好久，他不会这么激动。当然，他就是激动的时候也是面不改色的。而那个水暖工，叫什么来着，呵，曾储，怪咬嘴的名字，他却像夏天在江畔餐厅退汽水瓶那样一声不吭，哎，总算是回头宽容地笑了笑。

"好一个科学救国派。假如不是你的头发乌黑，我真要把你当成一个八十岁的老头了。"他说话的口气很随便，带一点儿幽默，使人觉得亲切，"现在我们干部队伍的年龄老化，青年的心理状态老化，可我们的共和国却这么年轻。我们目前的经济状况，好像一个人患了高血压，可同时又贫血；或者是营养不良，同时又肠梗阻，看起来很矛盾。"他背对着芩芩在拧他的螺丝，"所以，我总是认为，长期以来，经济建设中'左'的错误一直没有得到纠正，仅仅变革经济结构是不能从根本上解决问题的，还得从政治体制的改革入手……"

"不谈不谈，咱们不谈政治好不好？"费渊飞快地看了芩芩一眼，"我烦透了，政治，一提政治我就条件反射，神经过敏。我所感兴趣的是今天这个时代必然要产生的一种崭新的人生观！一种真正的自我发现，对'人'的价值和地位的重新认识。"他开始滔滔不绝起来，"意大利的文艺复兴运动，大胆地肯定了人的自然本性；人文主义者勇敢地宣告：人为什么要追求幸福呢，这是由人的与生俱来的本性所决定的，本性的力量是不可抗拒的。同样，欧洲十八世纪的资产阶级启蒙运动，则提出了良好的社会环境是保障个人幸福的前提。卢梭深刻地阐明了'人是生而自由的，但却无往而不在枷锁之中'的法则。法国大革命提出了'自由、平等、博爱'的口号。俄国的民主运动，也充分肯定了利己主义是'每一个人行为的唯一动机'。就是车尔尼雪夫斯基，也提出过'合理的利己主义原则'。 近代史上这些围绕人生意义的大论战，使人加深了对自我的认识，而这些宝贵的思想遗产，却被我们用筛子统统筛掉了。"

"是的，今天的人们之所以重新思索人生的意义，就是因为这些年来人的正常的欲望和追求受到了压抑。 可你不要忘了，别林斯基也说过这样的话：'社会性，社会性——或者死亡！ 这就是我的信条！'"曾储不慌不忙地站起来说道，"个人必须依赖社会而生存，马克思主义认为，人的本质是社会关系的总和，人的价值的实现和人的全面发展，有赖于社会经济发展的水平，有赖于人们对私有观念的摆脱。 所以，我认为对人生的思索必将引起更多的人对社会的思索。 嗬，给我一个盆！"

芩芩顺手把床底下的一个脸盆递给了他。 她的神情有点儿恍惚。 他们的话，她不能够全部听懂。 与其说她是在努力判断他们争辩的问题的正确与否，不如说她在用心地揣摩他们两人之间的不同。 他们都很有头脑，雄辩。 可是……

曾储打开了暖气开关，从里头流出来浑浊生锈的黄水，放了满满一脸盆，他端出去倒掉了。

"我不会同意你这种陈词滥调的。"费渊冷笑了一声，"如果十年前，我也许比你还要虔诚几倍，我曾经狂热地崇拜什么'狠斗私字一闪念'之类的口号，结果怎么样？ 社会残酷无情地抛弃了我，如果不是由于我自己的发奋努力，什么人会来改变我的命运呢？ 自私是一个广义的哲学概念，是动物的一种本能，没有这种自私，社会就不能发展，所以我的自私是完全自觉的。 利己并没有什么不好，我是不损人的利己，比那些损人者岂不高尚得多了？ ……"

曾储套上了他的油渍麻花的黑大衣，说："不过你应当明白，如果没有这四年来整个社会的变化，你是不可能在这儿发表这套宏论的。 每个人都不是一座孤岛，而是大陆即社会整体的一部分，如果每个人都仅仅是追求个人的幸福，其结果就是谁也得不到幸福。 对人生哲理的探求会促使人们懂得必须努力地去改变自己的生活环境……"

"真可悲！"费渊摇了摇头，"像你这样的处境，这样的社会存在，居然还抱这样的生活态度！ 想必你是没有吃过太大的苦喽。 假如你有过与我类似的遭遇，你就不会说这种蠢话了。 我相信你再碰几个钉子，就会改变你的信念的。"

"信念？"曾储裹了裹身上的黑大衣，低声说。 他的神情那么庄严，好像面对着一座女神的雕塑。"信念……"他重复说。"真的信念，怕是不易改变的……"那口气，好像生怕碰坏了一件什么无比美妙的东西。

"然而我对这一切早已淡漠了。 我的心宁静得像月球的表面，没有风也没有涟漪……"费渊耸了耸肩膀。

"啪——"一个扣子从曾储的大衣上掉下来，他捡起扣子，在手里摆弄着，"当然，对一颗变冷的心来说，一切都没有意义。 但是，有没有办法使它不褪色，不变冷呢？ ……"

"我帮你钉上吧！"芩芩轻声说。 她忽然觉得这个水暖工是那么令人同情。 她若不帮他钉，那个扣子或许出了门就找不到了，而他却要在寒风中东奔西跑地修理暖气。 他们交谈、争论的时候，似乎根本就忘了她的存在。 是呀，她对于他们算得了什么呢！ 无论是"自我"，还是"社会性"，她都没法子插得进嘴。 她只是非常愿意帮他们做一点儿事，也许她心里会舒坦一些……

"有针吗？"她问费渊。

"不用了！"曾储客气地拒绝道，"我自己会钉，真的，不是吹牛，我还会做衣服呢，翻领大衣，喇叭腿裤，西装裙，小孩儿围嘴袋……不信吗？"

他笑了一笑，脸上又浮现了那一种天真的稚气，同他刚才那严肃的争辩该有多么不协调。 他走到门口，回头对费渊说："哎，听说兆麟公园今年的冰灯不错，有一只天鹅……"

"唔。"费渊也报之以淡淡一笑，不过芩芩似乎觉得他根本没有听见。 他的心是那么冷漠淡泊，既没有浪花，也没有波涛，没有光，也没有热，好似一片荒凉的沙洲，无法摆脱那无形的寂寞感；又有如一颗遥远的星星，惨然地微笑，孤零零地悄悄逝去在夜空里……

走廊里传来了曾储哼哼呀呀的歌声："西班牙有个山谷叫雅拉玛……"歌声远去了，房间里又恢复了寂静，芩芩似乎听见了自己腕上的手表声。

"……他如果有过我这样的遭遇，他就不会像现在这样想了……"费渊叹了一口气。 他望着自己床头的那两张照片，很久没有说话。

"芩芩……"他忽然叫了一声，声音很轻，似乎有一点儿颤抖。 这样轻的声音却足以使芩芩的心爆炸——她吓了一跳，鼻尖上冒出了汗珠。

"……我知道，你很单纯。"他默默地看着她。 芩芩看不清他镜片后的眼睛，但知道他的目光正追踪着她脸上的每一个细微的表情，"你很单纯……可是，她却走了……"

"她是谁？"芩芩问。 虽然她明明知道那是谁。

"七七年春天，她回南方了。 扔下了我，一个人走了……"他垂下了头，"那时我才真正明白，人是虚伪、丑恶的，我看透了，彻底看透了。 个人的利益是世界的基础和柱石……可是你，噢，你这个小女孩，似乎倒还保留了人的一点儿善良的天性呢，真奇怪……"他自言自语地说。

"不，不……"芩芩紧紧揪住了自己的围巾，心慌意乱地在手里搅动。 她怎么是单纯的呢？ 她，一个快要结婚的女子，竟然主动跑来找他，同一个陌生的男子坐在一起交谈这么久，她怎么还会是单纯的呢？ 按照他的逻辑，她应该是世界上第一号虚伪、丑恶的人了。 她突然觉得脸红、惭愧，恨不得钻到床底下去。 她想哭，"不……"她喃喃地说。

"你不要分辩了。"他说。 他说话总似乎有那么一点儿旁若无人。"从我见你的第一个傍晚我就发现了，你当然不是在研究玻璃，我怎么会不知道，你是在看玻璃上的冰凌花。在这人心被毁坏得太多的当今世界上，还会有什么人欣赏那圣洁而又虚幻的冰凌花呢？ 可是你在看它，在叹息它的纯洁，由于它，你感慨自己内心的孤独……"

他的声音很轻，像雪花；很软，像新鲜的雪地。 芩芩的心颤抖了。 她真想哭，扑到他的怀里哭。 孤独？ 只有他知道她孤独、寂寞。 身处于人群之中，表面看起来浑然一体，然而内心却格格不入。 好像玻璃对于水，又好像石棉置于火……只有他看透了她的心思，体谅她的苦衷，也许他是一个真正理解她的人呢。 可是他的声音为什么没有一丝热气，像冷僵了的积雪，沙沙作响，搓着她的心，使人隐隐作痛？她觉得浑身发冷，抬起头来，看见了玻璃窗上的冰凌花——呵，你又来了，你怎么跑到这儿来了呢？ 莫非你是这阴冷的大学生宿舍的常客？

多美啊，芩芩禁不住又在心里惊叹不已。 虽是下午，它却恍如一片晨光曙色，在那银色的东方，飘舞着无数的纱裙。 那一层突起的霜花，难道不是舅舅大皮帽上的白绒毛吗？

"你见过北极光吗？"她突然问。 问得这么唐突，这么文不对题，连她自己也觉得有点儿莫名其妙。

他看着她，没有回答，芩芩心跳了。 她怕他说出她不希望听到的话来。

"那么……你，知道北极光吗？"

他点了点头。

"你，喜欢它吗？"又是一句没头没脑的话。 没见过的东西，谈得上什么喜欢不喜欢呢？　不，芩芩不是这个意思。她只不过是想知道，他会不会像傅云祥那样，除了菩萨的灵光以外……当然，他不会。　他会说……

　　"极光是高纬度地带晴夜天空常见的一种辉煌闪烁的光弧或光带。"他终于开了口，口气像芩芩中学里的一个严厉的物理教师。"也是太阳带电的微粒发射到地球磁场的势力范围，受到地球磁场的影响，激发了地球高层空气质粒而造成的发光现象。　明白了吗？　它只是通常在高纬度地带出现，北纬部分就叫北极光。"

　　"不。"芩芩忍不住说，"在我国东北和新疆一带也曾出现过，那是太阳黑子活动频繁的年月。　我舅舅……"还说什么呢？　舅舅同他有什么关系？

　　"出现过？　也许吧，就算是出现过，那只是极其偶然的现象。"他掏出一把精致的旅行剪开始剪指甲，"可你为什么要对它感兴趣？　北极光，也许很美，很动人，但是我们谁能见到它呢？　就算它环绕在我们头顶，烟囱照样喷吐黑烟，农民照样面对黄土……不要再去相信地球上会有什么理想的圣光，我就什么都不相信……嗬，你怎么啦？"

　　芩芩用一只手捂住了自己的眼睛。　她觉得眼睛很酸、很疼，好像再看他一眼，他就会走样、变形，变成不是原来她想象中的他了。　她觉得自己的身子在下沉，心在下沉，沉到谁也看不见的地方去，那是一口漆黑的古井，好像芩芩小时候读过的童话《拇指姑娘》里的那条地道，地道通向那只快要做新郎的肥胖的黑老鼠的洞穴。 她为什么那么失望？ 北极光本来就是罕见的，偶然的，它再美，同她和他们的生活又有什么直接的关系呢？ 它的存在与否又有什么具体的意义呢？ 费渊，他也只不过是说了一句实话罢了，比傅云祥说得"高级"一点儿，看得更"透"一点儿。 有什么可失望的呢？ 你不是来补课的吗？ 问什么北极光……

她解开书包，取出了日语讲义，把书页翻得哗哗响，像一个顶顶谦虚的小学生一样认真地说：

"嗬，浪费你不少时间了，言归正传吧。 我现在最困难的是日语语法……"

他很快从桌上那一堆书中找出一本精装的小书，放在她面前，似乎随意地说：

"拿去看吧…… 另外，以后你如果有空，可以常来找我……愿意吗？ 我，呵…… 同你一样，也常常感到孤独……"

夕阳从积满霜花的玻璃窗上透过来，没有几丝暖意。 芩芩发着愣，一遍又一遍地辨认着他床边上隐约可见的诗句，她仍然不明白费渊为什么偏偏喜欢这两句：

　　　我要唱的歌,直到今天还没有唱出,我每天都在乐器
　　上调理弦索。

六

黑夜过去，白天又来临。芩芩每撕下一张日历，就像囚禁自己的那面高墙又加厚了一层。婚期越是迫近，这种痛苦的心情越是强烈……芩芩以前是最盼望过年的，可现在，她巴不得这些日历原封不动地留在那儿。

下过一场大雪，白雪很快就被行人的脚底踩脏了。街道是灰黑色的，溜光溜滑，时时有自行车无缘无故地栽倒，把人摔出去老远。大卡车开过，扬起一阵灰色的雪末，像工地上没有保管好的水泥。只有屋顶是白的，行人的脚印够不着那儿，也没有人想去冒这个险。芩芩以前总盼望春天融雪的日子早些到来，厂团委会组织青工去太阳岛踏青，在树林子里喝啤酒、吃夹肉面包、唱歌、拉手风琴。那是一年里最快活的日子。可是现在她却希望天天下雪，似乎下雪能使冬天无限期地延长，阻拦那个可怕的日子来临。

"又是一个星期过去了……"芩芩早上醒来，望着窗台上一盆凋谢的木菊，闷闷不乐地想道，"四十七天，还剩下四十七天了……""芩芩，今儿星期天，试试云祥给你送来的驼毛棉袄……"妈妈在厨房里喊道。试试就试试吧，横竖早晚是要穿的。"哐啷——"什么东西掉在地上，打得粉碎。是傅云祥去年在她生日那天送给她的一只保温杯。她默默捡着碎片，并不觉得怎么心疼，不过这似乎不是一个好兆头。"你到底是怎么了？ 一天到晚丢了魂似的……"妈妈越发高声地大叫起来，"不知中了什么邪魔，一天到晚倒像谁欠了你多少账似的……傅云祥哪点不配你？ 念个什么业大，眼里倒没人家了……"

"别说了好不好？"芩芩猛地关上了房门。 你知道什么呀，妈妈，你哪怕懂得我一丁点儿心思，我也会原原本本讲给你听。 三十几年前一顶花轿把你抬到爸爸那儿，你一生就这么过来，生儿育女，平平安安，连人家西双版纳密林中的傣族男女还"丢包"自由恋爱呢，你却除了我的父亲再没有接触过别的男人。 可悲的是你以为孩子们也可以像你们那样生活，除了一个美满的家庭外再别无所求。"你有什么痛苦?！"爸爸常常这样对她嚷嚷。 好心的父母们往往就这样固守着他们自以为幸福的人生模式，亲手造出旧时代悲剧的复制品，然后煞有介事地指责年轻人不安分守己，无事生非。 穿梭在山谷平原使柳条发韧的春风为什么这么难把他们的心吹醒呢？ 如今有不少这样的家庭，两代人之间难以互相理解。 他们之间除了知识的悬殊以外，还有时间的鸿沟和对人生意义认识上的差异。 芩芩并不认为在这种鸿沟中总是年长的一辈不对，不是也有些父母要比自己的孩子们心境更乐观明朗、更加富于生命力吗？ 但是芩芩的父母不是这样，她所接触的家庭也大多不是这样。 假如她有一个姐姐可以倾诉心事，或许就不会这么痛苦了，可是她没有姐姐。 她有同厂的好友，她们都盼望快点儿吃芩芩和傅云祥的喜糖，芩芩还能同她们说什么呢？ 厂门口的海报倒是三天两头地更换，不是乒乓球赛就是某某艺术院校和剧团招生，再不就是工会组织参观画展、听一个市里的文学讲座或是诗歌朗诵会。 有一次厂团委还请了一个省青年突击手来做报告。 这一切比起前几年来，当然是丰富多彩，足以填补青工业余时间的二分之一，可剩下的那二分之一呢？ 芩芩还是觉得不满足。 这一切活动对于她来说，都有点儿像暗夜里隔着一条河的对岸的火光，可望而不可即；也像对面山头垂挂的一道晶亮的瀑布，远水解不了近渴。 她的苦闷，连自己也难以分辨，又能向谁去诉说呢？

她从小说里看到五十年代初期的青年人那种单纯、真诚和无私，奋不顾身地献身于自己的理想，既果决无畏，又乐观执着。 他们是幸福的。 可是后来呢？ 这种幸福就不断地渗入了痛苦，到了六十年代后期，这种痛苦就几乎把幸福整个儿淹没了。 也许就是因为看到他们这种痛苦的由来，芩芩不能完全接受他们对人生的看法。 她觉得在他们身上美中不足总还缺少一点儿什么。 如果不加以补充改造，她不想回到他们那儿去。 她常常问自己，三十年过去了，这种气质和精神，在今天的社会里是否还有它的位置呢？ 芩芩是相信有的，可她的朋友们却很少有人相信。 傅云祥嘛，则是连想也不屑想这些事。"你干吗老要自寻烦恼？"他一百个不理解芩芩为什么要提这种问题。 碰了几次壁，芩芩不再和他"讨论"了。 只是那一天天冷却的心，却仍然在渴望找到一种能使自己振奋的激素。 芩芩知道在小说里把这种激素叫作时代性。 可是八十年代的时代性又是什么呢? 她多么希望能有一个人与她一起探讨这些人生的奥秘啊……

芩芩只有一个在农场时认识的大姐,她是老高三的北京知识青年,如今已回了北京。 她在农场时就对芩芩说过这样的话:"没有爱情的人生是不完整的,而爱情就是在对象中找到'自我',是对自己的一种更高的要求、更好的向往和归宿。 建立家庭是容易的,而爱,却是难以寻觅的,因此,它又是无限的。"这段话,芩芩背得滚瓜烂熟,可是在生活中却是如此难以付诸实现。 她一次也没有在对象中找出过"自我",她甚至不知道这个"自我"到底是什么。 反正她和傅云祥谈不到一块儿去,傅云祥也绝不是"对自己的一种更高的要求和更好的向往"。 可是,偏偏她就要"归宿"到傅云祥那儿去了,还剩下四十几天。 日历再翻下去,过了冬至,黑夜又会缩短,一切都已无可挽回,她还傻想些什么呢? 傅云祥已催过她好几次去照"结婚相"了,再拖,也拖不过去了。 二十五岁的她,还没有爱过什么人,是因为没有碰到呢,还是因为世界上根本没有这个人? 芩芩不知道。 但反正是没有爱过,没有……

这一周中芩芩再没有去找费渊,日语问题倒是有一大堆,可是不知为什么,她总没有下决心到那阴森森的地下室去找他。 从内心来说,她仍然是钦佩他的。 钦佩他思想的敏锐和分析问题严密的逻辑性。 在她那常常感到寂寞干涸的心田里，不时地涌上来一种强烈的渴望，渴望与人交谈，渴望一个人，一个无论什么样的人对她的理解，她和他交谈，除了日语以外，当然还要谈生活，谈谈各自对生活的态度。但这实在是太不可能了。 芩芩难道能对他去诉说自己的苦恼吗？ 他会怎么想？ 何况，他不喜欢北极光，不喜欢浪费时间闲聊天，他把自己看得那么重要，仿佛自己就是社会的轴心。 芩芩能对他说什么别的呢？ 再说一周请他辅导一次日语，要是让傅云祥知道的话，也够惹起一场不大不小的风波了……

芩芩胡思乱想着，咽了几口早饭，匆匆背上书包，赶去业大上课。"那衣服倒是合身不合身哪？"妈妈追出来，"云祥一会儿来取，说不合身让裁缝再改改。"

"不合身！ 哪儿都不合身！"芩芩在楼梯下没好气地喊。 其实她根本就忘了试。

星期天车挤，路上耽搁了好一会儿。 芩芩刚进校门，就听到了铃声。 她气喘吁吁地朝二楼跑去，差点儿撞在一个人身上，定睛一看，竟是曾储，十几天前在费渊那儿遇到过的水暖工。 他仍然穿着那件油腻腻的黑大衣，像小学生似的斜背着一只洗得发白的帆布书包。 芩芩忽然想起来，班上确实有这么一个人的，他每次来上课，总喜欢这样背书包，书包带套在脖子上，一进教室，径直走到最后一排去。 这会儿他正和一个推自行车的人不知争着什么，面红耳赤，瞪大着眼珠，一只手紧紧拽着自己的书包带。

"向你们反映过多少次了，学生宿舍四楼的暖气不热，半夜毛巾都冻冰……"

"我知道了，回头告诉锅炉房多烧点儿！"那人踩着自行车的脚镫子，慢条斯理地回答。

"没用！ 不是锅炉房的事儿，是暖气管道循环路线的问题，过冬前我就提过建议，非改线不可，从上往下送……"

"技术问题以后再谈，我还有事。 你别又没完没了。"那人用一种熟人兼长辈的宽厚体谅的口吻说，跳上了车。

"我叫你走！"曾储一把拉住了车子后面的书包架，骑车人没留神，车子一歪，"啪——"地摔倒了。

"这小子……"那人笑起来，一边掸着身上的雪一边骂道，"真有点儿蘑菇劲儿，你这水暖工，管得真宽，改线起码得明年，你急也没用！"

芩芩已经走出去老远了，听到身后传来曾储的嚷嚷声：

"我也知道你们这些人的毛病，明年的事儿现在提都晚啦，起码要做'五年计划'。 到那时这批大学生早冻成冰棍啦，不信你上四楼去住一宿试试！"

芩芩放慢了脚步。

……他那天堆雪人时高兴得像个孩子，刚才倒这么认真起来，这人真有点儿意思，干什么事都这么有兴致……芩芩心想。 她听到身后追上来一阵脚步声，擦过她身边，大步跳上楼梯去了。 等她走进教室，他已经坐在那儿记笔记了。

今天是怎么啦？ 芩芩问自己，她有一点儿心不在焉……

斜背的书包带，工作服上跃跃欲试的小鹿，剃得短短的小平头……每次下课他总是最先走，一下楼就消失得无影无踪……这一周中芩芩都想找机会同他说话，可他好像仍然不认识她。 是故意装的还是腼腆不好意思？ 他是个小工人，何必摆这么大架子？ 干吗非同他说话？ 不过他读《资本论》，学日语；他讲"信念"两个字时，表情那么庄严神圣。 他究竟是个什么样的人呢？ 费渊说他是个最倒霉的人，为什么？ 表面上可看不出他有什么愁苦。 他的眼睛很有神，有光彩。 他不爱说话，可开口说话，一定引人发笑，一定风趣，叫人忘记了烦恼……有一天大清早，汽车开过图书馆，芩芩看见他背着书包在雪地里踩脚，好像是等着图书馆开门……

"下课啦！ 还不走？"有人推推她。 是苏娜，芩芩的同桌。 她今天更漂亮了，驼色的长毛绒大衣，领口露出闪光涤棉夹袄的琵琶扣。

"今天我们去拜访歌剧院的一个演员。"她很带一点儿骄傲的口气对芩芩说，一只手摸着自己的卷发，"跟我们去吗？ 她很快就要出国了，是眼下全城最红的新星！ 好多好多人都想认识她呢，她可不是随便让人见的！"

芩芩摇了摇头。

"你呀，真是的！"苏娜娇嗔地耸了耸鼻子，"你真不会生活！ 今天这个时代为我们打开了社交的广阔天地，每个人都可以从中找到自己生活的乐趣。 我最崇拜名人，各种各样的名人，我认识他们中的许多人，你想认识吗？"

对于这位好心肠的女友的热心，芩芩只是报之以淡淡的一笑。她也想认识好多好多的人，周围的生活实在是太闭塞了。不过她不一定要认识什么名人，而是……是什么呢？

"拜拜！"苏娜对她招招手，就要走下楼梯去。

"哎！"芩芩忽然喊住她。她赶上两步，有一点儿气喘，结结巴巴地问："那，那你认识他吗？"

"谁？"

"那个水暖工，曾储……就是那个爱斜背书包的……"

"噢，他呀。"苏娜恍然大悟，显出一副无所不知的神情，忽又轻蔑地撇了撇嘴："你问他干啥？"

"不，不干啥……问问……"

苏娜把脸贴近她的耳朵，芩芩只觉得扑过来一阵浓郁的异香，接着是一阵窸窸窣窣的耳语：

"别提啦，进过笆篱子，一年零三个月，前年才放出来。我都调查得一清二楚，起先我还以为那傲劲儿，他爹一定是个大官，屁！连个亲妈都没有，后娘养大的，现在自个儿分户单过啦，一个小破房，连口热饭都吃不上。他原来那厂子里的人都说他傻得邪乎，得罪了厂里那些当官儿的，放着好好的仓库保管员不干，被赶到这儿来当水暖工……"

"你说什么？"芩芩扶住了楼梯的栏杆。她的脸色顿时变得苍白。她觉得自己的心在隐隐作痛。"真的吗？"她问道，声音是那么无力。

"有一句假话，算我苏娜白认识那么些人。 谁不知道我的情报最可靠。"她指天戳地地发誓，越发地来了兴致，"你可听清了啊，他是七七年一月被——"她做了一个被铐起来的手势，"你想想，都打倒'四人帮'以后啦，问题该有多么严重。 听说同什么天安门事件啦，反个人迷信啦有关系，一大堆罪名呢。 进去了，还不安生，也不知偷偷写了什么，又铐了两个星期反背铐。"

芩芩紧紧闭上了眼睛。 反背铐？ 太可怕了。

"还有意思呢，有一天放风，也不知从哪儿挖来一棵野草，种在一个破瓶子里，放在自己窗台上，用刷牙水浇它。过几天那小草死了，他就哇哇地在号子里大哭，说他不该把那草挖回来。 多好玩，为了一棵草哭，值得吗？ 关了一年零三个月，说是政治问题，还不是那个单位的领导打击报复。 他们厂的人说，他进厂当仓库保管员不久，就揭发了厂领导把好机器当报废机器卖，得利分红的事。 那些头头都是些弄虚作假乌七八糟的玩意儿。 上头还有人护着。 他斗了两年，斗输了，差点连工作都丢了，你说傻不傻？ 去年倒是平了反，可那厂子的头儿，是个'不倒翁'，照样稳坐钓鱼台，他还不是自认倒霉。 人看样儿心肠倒挺好，就是满脑子转些奇怪的念头，表面上还看不出来……"

"那你……"芩芩不禁对苏娜这么详细地了解曾储的情况觉得奇怪。

"你问我咋知道的呀？"苏娜倒是反应灵敏，"我的一个邻居小孩，嗨，怕也就是顺手牵个羊什么的呗，同他在一起关过。他先出来，到这孩子家来看过他妈，他妈瘫在床上，真够可怕的。他给人家送钱，人家到现在还常念叨他。那孩子出来后，也不知怎么的就改邪归正了……哟，快十二点了，我该走啦！"她忽然叫起来，高高地抬起手腕看表。

"等等……"芩芩跑了两步跟上去，"你不知道他，难道……难道……"

"难道啥？倒是说呀！"

"难道……"芩芩忽地涨红了脸，"他就没有一个亲人什么的……"

"亲人？"苏娜扬了扬眉毛，嫣然一笑，"怎么没有？三十好几的人了，没有亲妈还有女朋友哩。"

芩芩咬住了嘴唇，垂下眼睛望着脚下光亮的格子水磨石地，小小的黑皮包从背上一直滑下来了，她却没有觉察。

"你呀！"苏娜重重地拍了一下她的肩膀，"真死心眼儿，他蹲笆篱子那年，对象就同他黄了，他攒了四五年的工资，打了一套家具，就快结婚了，嗬，铐走了，等他回来——人家早和别人生下一个胖孩儿了，一分钱也没给他！世上的事就这么惨。什么爱情不爱情，我早就看得透透的了。趁早甭要什么爱情，结婚就是结婚，情人就是情人，两码事！噢，对不起，我走了……爱情，哼！"

她摇了摇那一头起伏的波浪，高跟鞋清脆响亮的声音传遍了整个楼道。忽然，她又想起什么似的走回来，对正在发愣的芩芩挤了挤眼睛，笑嘻嘻地说："哎，你有爱情没有？"

芩芩眼泪汪汪地晃了晃头。

"就是嘛，啥爱情不爱情，还不如爱自个儿。 我给你打个比方，我是个幼儿园阿姨。 你猜我们那些小嘎子说啥：'电影老讲爱情，爱情说是当妈妈。'另一个说：'不对，爱情就是爸爸和妈妈。'还有一个表示不同意，说：'爱情就是打离婚！'逗死个人了，才四五岁，就知道爱情。 不过他们说得一点儿不差，就是这么回事，你别死心眼儿了，有啥不痛快的事，还是跟我去开开心吧！"

她说着就亲亲热热地拽住芩芩，一边咯咯笑着。

芩芩闪开了身子。 她笑不出来。 她想哭，她总是想哭。 即使在充满狂欢气氛的舞会上，她也想哭。 她不是已经无数次地体验过了这种心的孤独和寂寞吗？ 欢乐谁都可以找得到，哪怕去捉弄一个最最可怜的人，也足以大笑一顿了。 欢乐，为寻欢作乐而抛洒的热情，有多少值得回味的价值呢？ 欢乐过去了从不留下痕迹，而痛苦，忧伤，为自己、为不幸的他人而流下的苦涩的泪水，却在心灵上刻下一道道深重的创伤。 呵，坦诚而又虚荣的苏娜，叫我对你说什么呢？ 无非是一个高级小市民，"高雅"的庸俗，庸俗的"高雅"……

苏娜撇了撇嘴，飞跑下楼去了。

芩芩依然怔在那里，为苏娜刚才信口开河说出关于曾储的故事，她惊骇而茫然，她真希望那都是苏娜信口诌出来的，但是不会，她心里知道不会。 那一切都是真实的。 她把心目中曾储模糊的影子同苏娜为她勾勒的轮廓叠在一起，它们是重合的。 是的，那就是曾储。 他忽然变得清晰了，依然同她第一次见他那样，虽不是风度翩翩，但是很实在。只是那乌亮的眼睛里添了一点儿忧郁和悲愁。 他比费渊所说的还要不幸得多，比芩芩想象的还要艰难……

她把围巾搭在肩上，一步一步走下楼梯来。

可是他却还哼着歌儿，无忧无虑地梆梆敲暖气管，关心什么经济体制，关心兆麟公园冰灯会上有一只天鹅，那里连她也没顾上去看的……

他关在那黑暗的囚室里是什么样子？ 那小窗上有一棵绿色的小草，凭小草就可以辨别出他的窗子。 如果是一只小鸟，不，只要那时候她认识他，她会去送饭……

"你好！"恍恍惚惚她听到有人叫她的名字。

她站住了，揉揉眼睛。 她希望看到一只飞奔的小鹿的纪念章，或是斜背的书包带……呵，不是，是他，费渊，闪闪的镜片，秀气的脸庞缩在一件深灰色的呢大衣领子里。

"你好。"她含含糊糊同他打了一个招呼，好像还没有从刚才的情绪里摆脱出来。

"这些天，没去我那儿吗？"他轻声说，竭力显得若无其事和漫不经心。 但芩芩明白他绝不会平白无故出现在这里。

"没去……没……"芩芩还是不会撒谎。

"这一周的课，还好懂吗？"

"还好懂。"

"那本书，你看了吗？"

"看着呢，挺有用……呵，该不是你要用吧？"芩芩才转过弯来。

"不不不，不是这个意思。 我用不着，那些我早就学过了，你留着用好了。"他连连摇手，一边从衣袋里掏出一只白色的长信封来，在芩芩面前晃了一晃。 芩芩看见了上面的日文和五颜六色的外国邮票。

"顺便告诉你一件事，也想听听你的意见。"

"听我的意见？"芩芩大大地吃惊了。

"是这样，我舅舅在日本一家大学当教授，他愿意资助我去日本自费留学，手续很快就可以办好。"

"真的？"芩芩很高兴。 她每每听到别人的好事，总是由衷地为别人感到高兴。

"……可是我在想……"他把手背在身后，在原地踱了几步，"我去呢，还是不去呢……"他偏过头看了芩芩一眼，"……当然，我去了是要回来的……我说过，我虽然不是一个共产主义者，却是爱国的……"

"当然要回来啦！"芩芩爽直地说，"不回来，在那儿干什么？"

"……我在想，也许等一两年大学毕业了再去为好……更好些……"他在芩芩面前站住了，"竟没有一个人可以商量……你说呢？"

"我……"芩芩心慌起来,"我,不知道……"她低下头去,手指绞着自己的围巾角。那角上有一个漂亮的商标,竟然是一只小鹿。她以前怎么没发现? 小鹿欢乐地奔跑着,在密密的大森林里,在青青的草地上,跃过横倒的枯木、树墩、荆棘,跳过湍急的溪涧。她多想跟小鹿一块儿飞跑呀,当然不是在那太平洋西岸窄小的岛国上,而是在她熟悉的松花江两岸辽阔的平原上……

"你说呢?"他又问了一遍,显得焦躁不安。

"我,我不知道,真的,不知道……"她勉强笑了笑。他干吗要来问她? 毕业了再去,是为了学历吗? 她不太懂。不懂的事要她怎么发表意见呢? 当然,她还应该说一句什么,否则就太生分了,会伤了人家的自尊心。"你……"她说,却不知为什么说了下面一句:"你的暖气还漏水吗?"

"嗬,你还记得,暖气……"他喃喃自语,脸色变得阴沉了。

是呀,暖气同她什么关系? 她想问的根本不是这样一句话。她明明是想问:"你知道那个水暖工住在哪儿吗? 听说他住在一个小破房里……你一定知道的,告诉我吧,我想去找他……为什么? 什么也不为,也许为好奇心,闲得无聊,闷得发慌……我想知道人都在怎样生活,和自己做一个比较,如此而已……不是吗? 你说并不完全是这样? 不是为这是为什么? 问我自己? ……我不知道,我只问你,他住在哪儿? ……"

"去看冰灯吗？"芩芩冒了一句，"我们要去看冰灯，你也去好吗？"

"我们？"费渊镜片后面的眼睛奇怪地眨了眨，反问了一句。

"我们……"难道说我和傅云祥吗？ 不不，她不就因为不愿同他一起去才说这句话的吗？ 芩芩涨红了脸，"我们——就是说，我的朋友们……"

费渊皱了皱眉头。

"我不想去看什么冰灯，在这缺乏温暖的世界上我已经被冰冻得够了！ 难道还需制造什么冰的宫殿来显示水的纯洁吗？ 不过是自欺欺人罢了！ 无论多么透明的冰体，也不过是由被污染的水分子组成，它是伪君子，在黑夜里发光……无论多么美丽，可是春天到来它终究还要融化。 冰灯难道能带来什么希望？ 我只能改变自己的境况，而现实却是无可救药的……"

他把那只信封塞进衣袋，低声说了句"对不起"，就匆匆拉开大门走了出去。 厚厚的门帘下卷进一股白色的寒气。

"是的，他说得对，冰灯是无法为他们带来希望的……"芩芩倚在门上，望着他的背影消失在楼前那一排排光秃秃的桦树林里，长长地叹了口气。

七

不可能再挽回了……顺着这条大道一直走下去，就是哈尔滨城里有名的松花江摄影社。 走进去，走进摄影室，一秒钟之内，一切都完成了——"永远的""幸福的"合影，木已成舟不可能再挽回。 芩芩心里很清楚，但她还是在走着，不停地走，和他一起走，好像被绑架似的，只不过前面不是监狱而是照相馆……傅云祥一定要拉她到这家摄影社来照结婚相，除了他认为这家照相馆的结婚礼服特别漂亮以外，还因为摄影师是他的一个朋友。"王师傅说了，照完了就放一尺二寸大，放在橱窗里陈列三个月，然后白送给我们。"傅云祥得意扬扬地告诉她，"我说一定要涂成彩色的，不是彩色的不要。 所以你一定要戴那副绿色的耳环，像真的翡翠一样。绿色的耳环配你的皮肤特别特别的合适。 其实那根本就是冒牌货，友谊商店才卖四块五一副，可向他们照相馆租一次就得花两元钱，他们挣老鼻子钱了。 回头我得同他商量商量，看他够不够哥儿们……"

"唉，你小点儿声好不好？"芩芩不耐烦地瞪了他一眼。他就喜欢在大街上高声喧哗，好像小摊贩似的叫卖什么东西。

"嘿，这有啥？"傅云祥不以为然地笑了笑。 不过他还是略略放低了声音，"你猜我今儿一早醒来寻思啥来着？"

"照相呗！"

"嗯，可也差不离儿。 我在想，咱们挺走运，赶上好时候了。 你说要是再早几年结婚，不得穿着那老土便服，两人带着大像章照相哇，贼他妈蠢！ 瞧一会儿你穿上那白纱的长裙，戴上花儿，不定有多美呢。 一辈子就这一回，总得像个样儿。 人活着总不能像虫子似的过活。 嗯，你说是吧？ 所以，还是粉碎'四人帮'好……哎，先上贸易市场去溜达溜达咋样？ 妈说捎两斤烤地瓜回去，晚了该卖没了……"

芩芩点点头，这有点儿出乎傅云祥的意料。 她平时最讨厌上自由市场。

是的，从那熙攘而拥挤的集市穿过去，起码可以晚半点钟到达照相馆。 呵，就是晚十分钟，哪怕一分钟也好。 芩芩现在非常非常希望突然发生一件奇迹，比如照相馆突然着了火之类的事。 不过不行，这家着了火，还有另一家；最好是胶卷突然断档，要是四年前这倒有可能，现在大概是不易发生此类事了；那么最好是傅云祥脸上突然长了一个疖子，红肿不退，也不行，疖子过一周好了还是逃不过要照；除非发生地震，把全城的人统统压在底下，连她、傅云祥，还有照相馆的师傅……不过这太残酷，芩芩有点于心不忍。 那到底怎么办？ 真的就这样走进去吗？ 不，芩芩总觉得好像会发生一点儿什么奇迹。 假如在中世纪，就会有一个勇敢的骑士挥舞着长剑来救她，然后骑着马把她带走；即使在拇指姑娘那黑暗的巷道里，也会有一只可爱的小燕子，在她出嫁的前一天赶来，把她带到温暖的南方去……她幻想着发生这样的"奇迹"，使她能够逃脱那个即将到来的"永远"的命运……

"怎么两毛钱一根啦？ 前天还卖一毛五！"傅云祥直着嗓门喊起来，把手里的两根冰糖葫芦扔回了他面前卖冰糖葫芦的老头的木箱里。

"又涨价，连冰糖葫芦也涨价。"他嘟哝着……"这暖瓶漂亮哎，多少钱一对？"他拽着芩芩停在一辆公家的送货车旁。

"没有胆！"

"没有胆你卖个溜！"傅云祥嘀咕了一声。

"上对面私人小铺买胆去呗，那儿有！"卖货的人挺热心。

"私人那儿啥都有，牛皮鞋到干肠，啥都有。"傅云祥经验十足地对芩芩说，"买干肠去吧。"

"那么硬咋吃呀？"芩芩有气无力地答应着。

"嚼呗！ 有嚼头！"

"嚼啥也没味儿。"

"那是你舌头出毛病了。"

也许他说得对，是舌头的毛病。 在农场劳动时吃什么都香。

"这橘子酸还是甜呀？"傅云祥在一个棉毯子裹着的筐里扒拉着。

"酸甜。"穿着厚厚的棉大衣的年轻人提高了声音，像唱歌一样回答。

"嘿！"傅云祥乐了。

有什么可乐的呢？ 芩芩无动于衷地站在一边。 酸甜？生活难道仅仅只是酸甜的吗？ 不，还有苦，还有辣，苦辣的时候更多些，像生芽的马铃薯。 你能感觉苦辣，你不是还没有麻木吗？ 你不过是不像以前那么觉得一切都香甜了，本来也不是一切都香甜，以前的舌头才有毛病呢……

"等成了家，买几条金鱼儿回去养着！"傅云祥用胳膊肘推推她，喜笑颜开地望着地上的一盆金鱼。 不少人围着看，冰凉的雪地上，脸盆里的金鱼居然没有冻僵，慢吞吞地游着……

鱼儿游在水里，横竖四周都是水，它即使流泪，也是没有人看见的。 芩芩出神地望着那些可怜巴巴的鱼。 人们总以为它们游得多么快乐，哪里知道它离开了溪泉湖沼，更改了自己的本来面目，圈在这碗口大的天地里供人观赏，它无时不在无声地哭泣，把眼睛都哭肿了哩……

"买两斤烤地瓜！"傅云祥颇带命令口气地说，在炉子上翻来覆去地挑选。

"都是好的……"卖地瓜的老大娘嘟哝着。 她的棉袄袖口坏了，露着油黑的棉花。

"这种人不能对她们客气，光知道钱！"傅云祥抱着沉甸甸的兜子满意地走开去，对芩芩说。

芩芩回过头去望了那个老大娘一眼，她还在寒风里嘶哑着嗓子喊着。 芩芩突然想起了农场，有一个下雨天，她们的大车陷在地里走不了，她们到附近的屯子去避雨，一个衣衫褴褛的老大娘塞给她一捧热乎乎的煮青苞米……

"你又想啥？"傅云祥在前头站下来等她。"妈说要给你买件那样的羊毛衫。"他指了指路边摊床上挂着的一件鲜艳夺目的高价毛衣。

"我不要。"

"你要啥？"

"啥也不要。"

"你说过要一个十元零八毛的洋娃娃。"

"那我自己会买……"芩芩有点哭笑不得，"我也是随口说着玩玩的……"

洋娃娃？ 二十五岁的人还买玩具？ 她在农场幼儿园看过几天孩子，她问他们："你们家里有些什么玩具呀？""啥叫玩具？ 玩具是啥呀？"孩子们乱七八糟地嚷嚷起来，他们生下来还没有见过玩具什么样，只有碎玻璃片和火柴盒……人和人的生活就这么不同，好像这同时出售着高档皮鞋和廉价的苞米面的集市贸易……

当然，这乱哄哄的集市贸易比起前几年货物奇缺的空荡的国营商店总是好得多了。 无论如何，生活是在不断地发生着巨大的变化。 虽然希望和失望、改革和混乱经常交织在一起，使人们在欣喜之中又不时有些忧虑。 可是怎么能想象十年动乱之后，会在一夜之间消灭贫困和落后？也不可能要求倒退之后就是突飞猛进的飞跃。即使建立了一个物质高度文明的社会，人的精神世界又是什么样的呢？难道就没有苦闷和空虚，没有欺骗和出卖了吗？前些年，人们都在被抑制的欲念中无望地度日，被迫遵循着人为划一的程式，愤怒和不平只是一股冰凉的潜流，默默地蕴藏在黑暗的地底。但是突然，大地被唤醒了，地火冲天而起，喷倾出炽热的熔岩火浆。人们开始按照自己的真实愿望去生活，于是潜流变成了翻腾的浪花和波涛，它要冲击旧的堤坝，要呼风唤雨，浇灌新生的花草……这一股洪流所到之处，正在改变，也将会改变许多昔日不为人注意的东西。究竟它是从什么时候渗入了芩芩的心田，连芩芩自己也弄不清楚。但是流水经过不同的河岸，船帆始终不停地在做着比较，把昨天同前天比，把今天同昨天比，今天又同明天比。与芩芩同时代的青年朋友们，无论是年长的还是年幼的，无论是善良的还是丑恶的，大都希望由自己来掌握命运的舵，驶入自己心目中理想的港湾。可是人们对理想的认识和对幸福的理解却不尽相同。究竟哪一种理想才是时代的潮头，而不是随着潮头翻起的泡沫呢？……

比较，当然人们随时随地都在做着比较。可是芩芩有什么可以比较的呢？她把傅云祥同厂里熟识的小伙子比较，按流行的那些标准，她应该心满意足了。难道不正是按这些标准，比较之后才选择了他吗？家庭、工资、长相、人品……

一九八〇年的条件已经大大拯救了她，如果在一九七六年之前，恐怕还得加上阶级出身这一条……谢天谢地，芩芩那时还小。 几年以后，人们突然都变得那么实惠，草绿色的军装变得比炊事员的白袍子还要不值钱。 芩芩隔壁邻居的一个女招待员，在三十九张照片中反复比较，选中了一年前曾被她拒绝过的一位大学毕业的中学教师。

"咱们芩芩一定要找个技术员！"她妈妈这样发誓并张罗着，不久后果真有人带来个技术员。 细眉小眼，说起话来女里女气，芩芩打心眼里讨厌他。 那次他提议去看电影，散了场就拉芩芩到北京餐厅去吃馄饨，吃到最后，他突然叫起来："少了一个！""你怎么知道少了一个？"芩芩没好气地问。"我数的！"他理直气壮地端着碗去找服务员。 等他补了那一个馄饨出来，芩芩早跑没影了。

比较，就是这么比较的，多么实际而又具体——来了个傅云祥，偏偏又去看电影，又经过北京餐厅。"咱们去吃馄饨吧。"芩芩提议。"我来买。"她积极地掏钱，是她提议的怎么好叫他买呢？ 馄饨端上来了，她全然不知道那馄饨是什么滋味，她一直在紧张地倾听那一声叫喊："少了一个！"她发誓假如再听到这句话，从此以后不谈恋爱了。 还好没有，真的没有。 傅云祥大口大口地吞着馄饨，笑眯眯地瞧着她，也不知道烫，末了还在碗里落了一个没吃。 芩芩放心了，笑起来，"考试"结束。 她宁可不要那个什么技术员，"少了一个"，一想起这句话，她就觉得头皮发麻。 傅云祥不知要比他强多少倍，他是三级木匠，钻业务，技术好，脾气也好。再说哪有十全十美的人呢？ 凑合一点儿算啦。 芩芩常常只能在这种自我安慰中求得心理平衡。

"你说我哪点儿好呢？"有一次她问傅云祥。

"你——"傅云祥笑眯眯地，想了好半天，"你的心眼儿好。 第一次去看电影我就发现了，搞对象哪有女的掏钱买饭的？ 以前我谈过一个，吃一顿饭就花十来块……"

芩芩有点儿伤心，可是又有什么可伤心的呢？ 你在比较，他不是也在比较吗？ 他知道找一个心眼儿好的，总还比别的小伙子强些。 芩芩她厂里的一位团委副书记，梦里都想攀一门高亲，不知用了多少心计，娶了一位局长的丑小姐。比起这个人来，傅云祥不是够好的了吗？ 人总是要生活的，他即使不说"少了一个"也得会问"这白菜多少钱一斤？"有什么可挑剔的？ 芩芩自己的毛衣不也织得很漂亮吗？ 总不能把高压锅和痰盂放在一起比较……

"你倒是快走哇！"傅云祥在前面不耐烦地喊道，"磨蹭啥？ 都几点了……"

无论怎么磨蹭，一切都是无可挽回了。 经过那个溜冰场，拐过前面的街口，就是照相馆。"咔嚓"一秒钟，一切都结束了，从此以后，就再不需要进行什么比较了。

呵，那个小女孩滑得多么好啊，金红色的滑雪帽，金红色的毛衣，在晶莹的溜冰场上飞舞、旋转，像一柄燃烧的火炬。 她是轻盈而欢快的，像一朵天上飘飞的雪花。 心的歌是无声的伴奏，在这洁白的画板上描绘自己未来的图景……芩芩小时候也曾经这么无忧无虑地在冰上舞蹈，只不过那时候不像眼前这个小姑娘穿一条天蓝色的尼龙喇叭裤，而是穿妈妈织的竖条毛线裤，她得过全市少年花样滑冰第二名，奖给她一副冰刀。 那年下乡临走时，把冰刀送给叔叔家的孩子了。 呵，瞧，这个小姑娘真有毅力，一口气转了那么多个圈儿，总能灵巧地保持身体的平衡。 她在旋转中看见了什么呢？ 她那么自信地微笑，好像看见了未来比赛场上向她飞掷的鲜花……

每个人小时候都有过自己的许多梦，美丽的梦。 好像生活之路就同这冰场那么光滑、畅通无阻。 芩芩在溜冰场上很少摔跤，在生活里也同样。 她总算是幸运了，每一步都有人替她事先安排妥帖。 可她却为什么总感到抑郁呢？ 打送走了冰刀那年以后就再没有快活过。 你盼呀盼呀，什么飞掷的鲜花也没有出现，倒是出现了结婚礼服，出现了新娘的头饰……

让我再看你一眼吧，小姑娘。 你的金红色的滑雪帽，同我当年那顶一模一样，我差点儿要以为自己变小了呢。 可是这一切都一去不复返了，都要结束了。 童年、少年、青春的梦，统统都要消失了，不会再回来。 我真想亲亲你冻得通红的小脸蛋，像拇指姑娘吻别洞口的小草儿那样。 她在走向黑老鼠家前的最后一分钟里看见了归来的燕子，可是我知道这样的奇迹是不会有的，不会有的，那只是一个童话。 再见

2006 年 11 月张抗抗在中国作家协会第七次全国代表大会上

1961 年张抗抗和爸爸妈妈

1969 年张抗抗赴北大荒前夕

1978 年暑假张抗抗在八达岭长城

1980 年张抗抗（右）与冰心先生合影

1997 年张抗抗在杭州汪庄探望巴金先生

2000 年张抗抗在湖南卫视女性频道

2009 年 11 月张抗抗与印度文学院院长（左二）合影

2010 年 9 月张抗抗与作家哈金在哈佛大学

2011 年 11 月中国作家协会第八次全国代表大会上，张抗抗与王蒙(中)冯骥才合影

2012年9月张抗抗(右二)在台北第二届21世纪世界华文文学高峰会上(左一:阎连科 右一:陈平原)

2018 年 6 月张抗抗在"贝尔格莱德多重旋律"国际论坛发言

吧，小姑娘，祝愿你长大的时候，找到一个称心如意的爱人，一个你真正爱的人，除了他你不会再爱别的人了……

"快走哇！"傅云祥喊道，有一点儿气恼了，"你要看花样滑冰，我给你弄票去！"

现在她就站在照相馆的前厅里闪闪发光的大镜子面前了。四壁千姿百态的人物摄影使她目不暇接。傅云祥让她在前面等一会儿，自己就不亦乐乎地去忙了。当然，什么奇迹也不会发生，很快她就要像到这儿来过的所有新娘那样，穿上拖地的长裙，披上透明的薄纱，重重地抹上口红，淡淡地描上眉毛，然后幸福地微笑。笑得适度，否则会有皱纹。嘴张得不大不小，大了有点儿傻气，小了就会使人以为你不幸福。是的，就这样，再来一张两个人的……

芩芩忽然想起前些日子在一本杂志的封底上看到过一幅俄国画家茹拉甫列夫画的油画，名为《婚礼之前》，画面上是一个穿着华丽的结婚礼服的姑娘跪在即将成为她丈夫的商人脚下哭泣，不远处站着贪图商人的钱财而逼迫女儿断送自己幸福的父亲……

这样的时刻她为什么想起那样一幅画来呢？是因为这出租的结婚礼服同那位新娘的服饰很像吗？她马上就要变成那样一个倒霉的新娘，只不过不会跪在地上哭泣。因为哭泣也无法挽回这一切，更何况并没有什么人逼迫她，一切都是她自愿的，她既不是为了钱也不是为了什么别的，只是因为彼此"合适"。许多家庭不幸的原因不都是由于"不合适"

吗？ 即使芩芩从楼上跳下去，周围又会有谁同情她呢？ 人们会以为她做了什么见不得人的事。 可是她自己，这会儿却觉得比那位画上的新娘还要不幸一百倍。 这不幸就是因为没有什么人可以憎恨的，只能憎恨自己……

傅云祥眉开眼笑地从人群中挤过来，把一张发票在她眼前晃了晃："开好了，出租礼服便宜一半儿价钱，走吧，去化妆……"

当然是得去化妆，不会有什么奇迹的，不会有的。 还傻想什么？ 化完妆，就是地地道道的新娘子……

"唉，人太多！"傅云祥抱怨道，"等会儿吧。"他在化妆室门口停下来。

等什么，横竖是要化的，早晚是要化的，化了妆，就不会再想什么骑士和燕子了……

"待会儿照的时候，你要高兴点儿。"傅云祥像哄小孩似的在她耳边说，"你老也不爱笑，其实你笑起来更好看。 戴上花环，一定像日本那个电影明星夏子……"

芩芩不置可否地笑了笑。 为什么不笑？ 当然要笑啦。小时候她就不知多少次偷偷戴上妈妈大衣柜里的那条紫色的花环，在镜子里照了又照。 每个姑娘都有自己的秘密，难道芩芩一次也没有向往过结婚吗？ 不，这不是实话。 芩芩在三年前就绣好几对尼龙枕套了……

傅云祥在津津有味地观看墙上镜框里的相片，不时地回头瞧她一眼，又美滋滋地转过脸去。

要不了半小时，他就要在"咔嚓"一声中，成为她的爱人了。

"爱人？"芩芩突然吃了一惊。 她爱他吗？ 如果说她曾经希望过有一个爱人，那么一定不是他，不是。 她没有说她不愿意结婚。 只是，只是不愿意同他，不愿同他结婚。 她从来没有真的相信过自己会同他结婚，真的，他不是她的爱人，她也从来没有爱过他，没有。 她不知道什么叫爱，也从来没有碰到过她所爱的人……

"好了，进去吧！"傅云祥和颜悦色地挽住了她的胳膊。

进去，当然只有进去，像走进新房一样。 还有什么退路呢？ 想哭吗？ 哭也没有用，奇迹是不会发生的，这既不是刑场也不是坟墓……

"你先梳头！ 我去取那些衣服。"傅云祥殷勤地将一把铝梳子插在了她的头发上，又忙忙碌碌地走出去了。

芩芩坐在镜子跟前，打开了自己的头发。 头发很黑，用不着打发蜡，就那么亮。 梳开了，盘到头顶上去，就更美了，像那幅画上的新娘……

忽然有什么东西在镜子里闪了一下。

铝梳子的把上，刻着一只小鹿，扬开四蹄在奔跑，穿过森林，越过雪野……它跑到哪儿去呢？ 它不知道，可是它还在不知疲倦地跑着。 生活总不会停留在原来的地方，总不会像现在这个样子。 它会是什么样子的呢？ 不知道，但总不是现在这个样子……

镜子里的东西又闪了一下。

芩芩惊呆了，她没有看清那是什么，却又清清楚楚地看见了——

"北极光！"她轻声呼唤着，"真的是你吗？"

她眨了眨眼睛，镜子里什么也没有，只有她自己。

不，不，她分明是看见了的。 这生命之光，只有她自己能看得见，只有她知道它在哪里。 她是要去寻找它，一直到把它找到为止。 她可以没有傅云祥，没有仪表装配工的白工作服，没有舒适的新房，但不能没有它。 不能没有它！失去它便失去了真正的生活和希望，还留着这青春焕发的躯体干什么？ 她终究是没有爱过傅云祥，不是因为他平庸、普通；不是因为他讲究实际，缺少才华；统统不是。 究竟是因为什么呢？ 她还是说不上来。 也许，就是因为这时隐时现的北极光。 呵，人生，尽管现状是如此的令人不满，但总不能像傅云祥和他的朋友们，在一片浑黄的大海上，没有追求、没有目标地随意漂泊……

……她匆匆揩去了脸颊上的泪痕，站起来，抓起头巾，跑了出去……

八

"……都讲完了吗？"费渊靠在走廊尽头的一扇被封死的玻璃门上，有气无力地问道。 他的脸色阴沉得可怕，像下雪前的天空。

　　"经过……事情的经过……就是这样。"芩芩喃喃道。她站在离他不远的地方，低着头，把所有的一切都对他，一个相识不久又并不那么了解的人讲清楚。她花了几乎一个多小时，红着脸，冒着汗，喋喋不休、语无伦次，好像小学生在向老师坦白做了一件什么错事。她常常浮上来这种感觉，倒不是因为她的故事本身，而是因为费渊的眼光。尽管他在她整个叙述过程中几乎一言不发，那平时就漠然无神的眼睛里也仍然毫无表情，但芩芩却从一开始讲就觉得别扭，好像是一个悲痛欲绝的人对着一棵枯树在号叫，或是一个欣喜若狂的人抱起了石头跳舞……他为什么连一点儿表示、一点儿反应都没有呢？芩芩好几次觉得自己再也讲不下去了。那故事本来就是那么平淡，连讲的人自己都没觉得有什么趣味。她硬着头皮讲，越是想简单些便越是啰唆个没完。她厌烦了，她看出他也厌烦了，一点儿也没有那种同龄人的好奇心。好像他早就猜到了是这么一回事，好像他早就知道了有这么一个傅云祥，好像他早就料到了芩芩要从照相馆里跑出来。他静静地听着芩芩的叙述，一直沉默着。只是当芩芩讲到这一句时，他才情不自禁地"啊"了一声。芩芩说："……不照相，其实也没有用，只是不愿照。其实挽回不了，我知道。因为，因为……早已登记了……"她说得很轻很轻，由于羞于出口，轻得只有她自己能听见。但她却清清楚楚地听见他"啊"了一声。他"啊"得很轻很轻，似乎也只有他自己能听见，但是芩芩听见了。 好像一股凉气从头袭来，叫她浑身发冷……"啊"是什么？ 是惊讶吗？ 还是气愤？ 他是根本没想到芩芩会同这样一个人去登记呢，还是没想到芩芩是一个"登记"过的人？ 这一声"啊"，真叫人百思不得其解……此后便是长久的沉默，长得足足能够再讲两个故事，讲一对情侣卧轨自杀，再讲一对冤家言归于好……

"讲完了吗？"沉默被打破了，他神情沮丧地重复，算是芩芩这一番心的呻吟得到的唯一呼应。 可是芩芩没有想到会是这样一句话。 是的，她从照相馆跑出来，穿过溜滑的大街，跑过冻凝的雪地，自己也不知道为什么跑到这儿来找他。 无论如何，她期待的不是这样一句话……

"经过……经过就是这样……"她想快快结束自己的叙述，又加了一句："自己酿的一杯苦酒，送到嘴边，终究是不愿喝下去……"

"不喝下去，你打算怎么办？"他挪了挪身子，声音嘶哑，冷冷问道。

"……我，我不知道……我想，问问你……你懂得比我多……我自己，宁可泼了它的……"芩芩猛地甩了甩头发，眼里突地涌上来一阵泪花。

"泼了？"他推了推眼镜，好像由于受惊，镜架突然从鼻梁上滑落下来。

"是的，泼了。 无论如何，我不应向命运妥协。 过去，是无知，是软弱，自己在制造着枷锁，像许多人那样，津津有味地把锁链的声音当作音乐……可是突然你明白了，生活不会总是这样，它是可以改变的。 在那枷锁套上脖子前的最后一分钟里，为什么不挣脱，不逃走？ 我想，这是来得及，来得及的……"芩芩哽咽了，她转过脸去。

"可惜太晚啦……"他重重地叹了一口气，"太晚啦……登记……你知道意味着什么吗？ ……以前我并不知道这个情况……你告诉得太晚了……假如我早一点儿知道，也许就不会这样……"他把眼镜摘下来，慢吞吞地擦着，好像要擦去一个多么不愉快的记忆。

"……以前，呵，你知道……我一直很苦恼……又不愿用自己的苦恼去麻烦别人……我多少次想，就这么认了……算了……"她的眼睛里噙满了泪水，"我的心里很矛盾，可是对谁去诉说呢？ 也许一个人一辈子也难于在生活里找到一个知音……"她的声音发颤，自己觉得那泪水马上就要夺眶而出了，她紧紧咬住了嘴唇。

"我不是这个意思……我一直以为你很单纯……我实在并不了解你……"他又长长地叹了一口气。 那叹息声很重，落在芩芩心上，像沉重的铁锤。 为别人惋惜的感慨绝不会是这样痛楚的，倒更像是在为自己叹息……他脸上的表情是多么冷酷啊，全然不像那天芩芩在他宿舍里曾经感到过的那温和亲切的一瞥。 面对这冷然无情的沉默，就是奔突的岩浆也会冷却。 呵，怎么能这样认为呢？ 他不是曾经慷慨激昂地说过——

"你说过，人生的目的就是追求现世的幸福。 而从恋爱的角度谈幸福，就是获得他所爱的人的爱。 每个人都应该珍惜自己的存在，努力摆脱旧的传统观念的束缚，人应当自救！"芩芩讷讷地说，突然不知哪儿来的勇气，"我想了好久，我不应当再错下去了。 我要找到我真正爱的人，无论付出多大的代价……我想，你会告诉我，应该怎么办……"

她抬起眼睛望着他，看不清他的面容，他的面容模糊了。 他的眼镜浸在她的一片迷茫的泪花中……

"你会告诉我的……"她抱着那最后的希望说道，"会的……我想，会的……"

"不，我不知道。"他紧紧抱着自己的双肘，眼睛看着地上，"……我真的不知道……对不起……说过的话，终究是说说罢了……生活很复杂，人生，虚幻无望……我们能改变多少？ 即使你下决心离开他，生活难道会变得多么有意思吗？ ……我没法回答你……你想想，别人如果知道我支持你和你的……未婚夫决裂，会怎么看我……"

昏暗的楼道里，钻进来一片惨淡的夕辉，照着他苍白而清秀的脸庞。 窗外飞过几只乌鸦，呱呱地叫着，令人毛骨悚然。 棉门帘在不停晃动的门上拍打着，卷进一团又一团白色的寒气……

"再见！ 谢谢你。"芩芩客气地把手伸给他。 为什么不谢谢呢？ 她腮边、脸颊上、眼里、心里的泪，顷刻之间全干了，没有了。 幸亏没有流下来，多么不值得。

"这就走吗？"他慌忙把手伸给她。 冰凉，像大门上的铜把手。"要……借什么书吗？"他问。

她摇摇头，笑了笑。 阳光在她脸上跳动，一定可以看到她在笑，多么坦然。 她包好头巾，朝门口走去。 木门上的把手是温和的。

"芩芩——"拉门的那一瞬间，她似乎听见他在背后急促地叫了一声。 他在走廊的深处，声音太遥远了，听起来像一声沉重的叹息……

叹息，到处都是叹息。 谁不会叹息呢？ 谁不会指手画脚地批评指责生活呢？ 好像他们生下来就该享有一切，而不是自己去创造。 傅云祥是这种人，而这个费渊，芩芩心目中一个美好的幻影，莫非也是这种人吗？ 他倒有几分像挥舞着宝剑的骑士，把高山大河切开了让你看，却不管山塌地陷……他解剖社会的言辞入木三分，却不会在别人需要的时候，伸出去一双友爱的手……他或许每天都在深刻的思索中选择自己的去向，却从来没有迈出去一步……他爱生命，却不爱生活；爱人生，却更爱自己。 他在严酷的现实中被扭曲变形，你却把这扭曲了的身影当作一个理想的模特儿……

"我会爱他这样的人吗？"芩芩问自己。 她打了一个寒战，似乎为自己的这个念头感到惊愕了。 但不久前她确实曾经主动地找过他，并对他满怀了那样一种深切的期望。 这种期望与其说是一种感情的呼唤，不如说是一种对生活执着的寻求。 可是，失望，又是失望。 对傅云祥是谈不上失望的，因为本来就没有希望过什么。而他……

也许生活里本来就没有这样的人，就像他所说的那样虚幻无望。你到底想要一个什么样的人呢？事业、地位、品貌、性情……可是这样的人是没有的，根本就没有。芩芩从来没有见过。也许她根本就不知道自己会爱一个什么样的人。假如他和她在茫茫的人海中偶尔相遇，也许就会在淡淡的对视一笑中又默默错过……"从来没有爱过的女孩子，是无力为自己描绘爱人的肖像的，即使多次得到过爱的女人也不会有爱的模式。那只是心灵奇妙的感应和吻合，是自己飞扬的气质在一个活生生的人身上得到的体现……"芩芩脑子里猛地跳出了当年那位老三届大姐对她说过的话，不由越发地觉得茫然……

"这样的人是根本没有的。"芩芩安慰自己说，"一个人活到没有人拉就爬不起来的地步，还活着干什么？我不会爱这个费渊，一定不会。让什么爱统统见鬼去吧！不要傅云祥，谁也不要。有我的日语就够了，有装配合格出厂的仪表就够了，一辈子找不到你爱的人又怎样呢？横竖日出日落……呵，你怎么也变得这么冷酷了？如果不是为了像那只小鹿轻捷地朝前奔逐，你又为什么从镜子跟前跑出来？为什么？你腮上冻成冰珠的泪水，是什么时候淌下来的？你的心在啜泣，在悸动，谁能听得见啊？这寒冷的北国，难道就找不到一颗温热的心吗？不，不……"

听到那欢快的叫喊声了吗？一阵高似一阵，像开江的冰排喧嚣奔腾。 那儿有一个冰球场，芩芩熟悉的。 以前溜冰的时候，一有空她就爱看冰球赛。 那才是生活——激烈、勇敢、惊险，充满了力量、热情和机智……芩芩禁不住向冰球场走过去。 她的眼睫毛上结满了霜花，身子却走得发热。

穿着五颜六色、鲜艳夺目的冰球比赛服的运动员，像彩色的流星一样从眼前掠过。 只看见绚丽的光斑在跳跃，明亮的眼睛在闪烁。 长长的冰球杆，像一把灵巧的桨，在银色的冰河上划动。 而那小小的冰球，却像苍茫天际中的一只神奇的小鸟，盘旋，翱翔，逗引着那些头戴盔甲的"猎人"拼命地追逐，它却时而不见了踪影……那些"猎人"都是些勇敢的好汉，他们奔走争夺，你死我活，风驰电掣，叫人看得屏息静气、眼花缭乱。 谁要是观看冰球赛都会为他们拍手叫绝，那真是速度与力度的统一，刚与柔的绝妙对比。 站在这激烈搏斗着的冰球场面前，人世间一切纷争械斗顿时都变得平淡无奇了……

冰鞋在自由地滑翔，像跑道上的飞机轮子。 可它无论转速多快，却永远不会起飞。 但能滑翔毕竟也是一种幸福，总比在烂泥里跋涉强，比在平路上亦步亦趋强……只要你会滑翔，你就会觉得自己早晚是要飞起来的……会的。

冰刀啊，久违的朋友。 你尖利的脊梁，要支撑一个人全身的重量，受得了吗？ 踩在一根极细的铁条上，做这样危险的表演，不仅要保持重心上的平衡，还要保持信心上的平衡。 这冰场真像人生的舞台，说不上什么时候就摔倒了，扔出去老远，可是爬起来还要再滑。 你总是暗暗地鼓励人勇敢地站起来，重新站起来……

你奔过来，飞过去，急急忙忙地在那光滑的冰面上留下了一道道的印痕，好像你天生就是刻划伤痕的，连眉头都不皱一皱。 难道花样滑冰的明星、冰球比赛的冠军，竟然是从伤痕上站立起来的吗？ 不过不要紧，真的不要紧，伤痕累累的冰场，浇上净水，总是一夜之间就可以恢复原状。 运动才留下伤痕，而冰场怕的是寂寞，听听这呼喊声、喝彩声——

忽然，从离芩芩很近的冰场上，红队和蓝队的两个运动员相撞，围观的人还没有反应过来，其中一个人已被腾空挑起，一个跟头翻出了冰场绿色的栅栏外，重重地摔在一棵杨树下的雪地上，滚下坡去。 四周的观众发出了一阵惊呼。

他就摔在离芩芩不远的地方。 芩芩眼见他用胳膊在地上挣扎了一下，却没有力气爬起来。 她急忙飞跑过去。

"要紧吗？"她弯下腰去搀扶他。 望见他的脸色苍白，她心里充满了怜悯，"疼吗？"

"没事。"他咬着牙说，额上暴着青筋。 他努力想站起来，翻了一个身，用手撑着地面，果真站起来了。 好像一个受伤的武士，穿一身古怪的花衣服，戴着头盔，在雪地上站着；嘴里大口地喷着白色的雾气。

看热闹的人都围上来了，运动员和教练也气喘吁吁地跑过来。

"怎么样？ 伤着没有？"

“真他妈的缺德，快输了就在合理冲撞上使招数。”有人愤愤不平地嚷嚷。

“嗨！”他忽然兴奋地叫起来，一只脚在原地跳着，若无其事地摆了摆手，“没承想我这么结实，骨头茬摔摔倒紧绷了，没事，上场！”他说着，很快走了几步，敏捷地一个翻身又跳进了冰场。

他的声音好像在哪儿听见过？眼睛也很熟悉。他扶着绿栅栏活动了一下腰，忽然回过头来，似乎在寻找什么人。他看见了芩芩，感激地朝她笑了笑。

“是你？”芩芩差点要叫出声来。怎么会是你呢？全身武装得像一个古代的骑士，差点儿叫人认不出来。你那矫健勇猛的身影与你平时那谦和寡言的外表显得多么不相称。假如不是在这里遇见你，真难以相信，你对生活还会抱着这么大的热情。我不了解你，可你却那么使人难忘。我从什么时候开始注意你了呢？或许是我听说你从小没有亲妈那一刻起吧……

他消失在那一群五彩缤纷的冰球运动员的行列中了，再也找不到他。穿着相同服装的冰上运动员，假如没有背上的号码，是难以区别他们的。可是，他们却包裹着一颗颗不同的心。世上许多人看起来很相似，然而开口说话，却有着天壤之别。他究竟是一个什么样的人呢？干着又脏又累的水暖工，还有兴致在这儿打冰球。什么时候学的这一手？也许是在小学？连妈妈都没有，谁给他买冰刀？到底哪一个是他呢？ 当然一定是那个最灵活、最勇猛的，像一只快乐的小鹿，穿过森林、越过雪原，不知疲倦地奔跑着……

"曾储！"她脱口而出。 没有人听见，他当然不会听见。 她的脸红了。

那小鹿奔跑着，冰球在雪野上滚动，像透明的鹿角上挂着的铜铃……

"芩芩！"

一声气急败坏的叫喊从身后传来。 小鹿消失了。

"芩芩！"

喊得声嘶力竭，好像地球顷刻就要爆炸。 他，呵，面容沮丧，神情恼怒，气势汹汹地朝她跑来。 芩芩没想到傅云祥会找到这儿来，他一定跑遍了全城。 那模样儿真叫人可怜，淡淡的小胡子上结着冰凌，连帽子也没戴，耳朵冻得通红……

"你……"他气得说不出话来，嘴唇在哆嗦，"你……"

芩芩有点儿心慌，她避开了他凶狠的目光，突地感到一种难言的惭愧。 他并没有做什么对不起她的事，她凭什么这样对待他呢？ 无论如何，那事情的结局是明摆着的，她何必要无事生非地从照相馆里跑出来呢？ 让他在这寒风中心急如焚地到处找她，冻得鼻子都发红了……

"跟我回去！"他大声嚷嚷，像一头发怒的棕熊。

芩芩留心地看了一下四周，很快从冰场边上的绿栅栏下走开去。 她不愿让别人注意到他们，尤其是冰场上的运动员。 刚走开，就听见了冰场上热烈的欢呼声，大概是比赛结束了。 红队赢了还是蓝队赢了呢？ 当然是蓝队，他是蓝队的……

"跟我回去！"他伸出一只戴着棉手闷的手来拽她，像一只大熊掌。

从冰场里三三两两散出来不畏严寒的冰球爱好者，熙熙攘攘地挤满了狭窄的路。 芩芩四下张望了一下，张望什么？怕那个运动员看见吗？

"为什么，你说？"他咯咯地咬着牙。

……当然，他不会那么快就出来，他要脱下运动服，换上那件油渍麻花的黑大衣……

"你说，为什么？ ……"他咬着嘴唇。

……不能再站在这儿，不能再站下去了。 黑大衣……

"你走不走？"傅云祥的声音里带着威胁，粗暴又凶残。他的大手像钳子似的捉住了她的胳膊，使她动弹不了。 她又张望了一下，竟乖乖地跟他走了。

电车站人多极了，正是下班的时候。

"我自己会走！"芩芩猛地甩掉了他的胳膊。

傅云祥在一棵光秃秃的榆树下站住了。

"你……你……"他想要说什么，却说不出来。

芩芩心里又升上来一股怜悯的感情。

"你……你知道，我是爱你的……"她想他一定会这么说。 他是爱她的，可她不爱他。 她早就该告诉他，为什么一直拖到今天?

"你……"他的嘴唇动了动,恶狠狠地说,"你把我坑了!"

是的,他是说:"你把我坑了!"而不是说:"你知道,我是爱你的。"如果他说了后一句,芩芩或许会感动得掉泪,会同他一起回去的。不,即使后一句也不会,不会……

"你倒是说呀,到底为什么?"他又重复了一遍。天暗下来了,风很硬,他用两只手捂住了冻得通红的耳朵。

电车来了,上车的人在"生死搏斗"。他迈了一步,又退回来了。他看了她一眼,声音忽然变得温和了:

"……你说,是不是因为你突然肚子痛起来了才走的?"

"不是。"

"……那……是不是突然遇见了熟人?"

"不是。"

"那就是,就是你又把笔记本落在业大教室里了……"

"不是!"芩芩愤怒地叫起来,"不是!"她那么大声,引得旁边好几个人朝她看。那不远的电线杆下站着一个黑乎乎的人影,好像打算走过来,却又忍住了。

"那到底为什么?"傅云祥的声音也变得急躁而粗横了,"你叫我怎么向家里、向大伙儿说呀?"他痛苦地喘息着,拼命揉着他的耳朵。

"为什么?为什么?你还不明白?"芩芩突然咆哮起来,"什么也不为!是我自己要走的,我本来就不想去,压根儿不想进那个照相馆！ 我什么也不为！ 不为！"

傅云祥长长地松了口气。

"你不愿穿婚纱服照结婚相，你倒是早说呀。 不照就不照呗，也不能这么调理人，不照结婚相，也……"

"我压根儿不想结婚！"芩芩猛地打断他，痛苦地长吟了一声，"我统统告诉你吧，我根本不愿同你结婚！"

"你耍什么小孩儿脾气？ 你以为闹着玩儿哪？"傅云祥倒嘿嘿笑起来了，"亏你说得出口，是不是神经有点儿不正常？"

"你给我走开！"芩芩突然哭出声来，她掩住了自己的脸，"我不想看见你，我宁可死……"

傅云祥呆呆愣在那儿，张大了嘴。 他似乎刚刚开始清醒了一点儿，又好像越发地糊涂了。 他站着，两只手捂着耳朵，忽然暴怒地喊道："哼！ 不要脸！ 我知道你，像只蜘蛛，到处吐丝，吐情丝……"

吐丝？ 你也懂得什么叫吐丝吗？ 人人都有吐丝的本能，可有的好比是蜘蛛结网捕食，有的是缝纫鸟垒窝。 而我，我是野地里柞树林里的一条茧，吐出丝来作茧自缚，把自己的心整个儿包裹在其中，严严实实地不见一点光亮，谁知何年何月才能作一只蛹，再变成一只蛾子，咬破茧子飞出去呢？ 你不会知道，永远不会知道的……

"吐丝？"芩芩冷笑了一声，忽而大声叫道："我是要吐丝的，我要吐好多好多丝，织十六条结婚用的缎子被面……"

"神经病!"傅云祥骂道。

电车来了,不远处电线杆底下的人影却不动弹。

"走不走?"他推了她一下。

"再织三十对枕套……"

"走不走? 你不走……再不走我……"

芩芩转过脸紧张地盯住了他。"再不走我……"怎么?就钻车轮子底下去吗? 有这种勇气,芩芩会感动,会回心转意。 真怕你有这种胆量,可千万别干这种蠢事。 我宁可同你一块儿钻进去的, 千万别……

"再不走我……我的耳朵要冻掉啦! "他怒气冲冲地嚷嚷,扭歪了脸。

"你走吧! "芩芩平静地说。 他的耳朵没掉,可她的心,同他系着的那最后一个扣,无情地掉了,彻底掉了。

"你等着! "他咬了咬牙,跺了跺脚,三步并作两步跳上了电车。 车门在他身后"咔嚓"关上了,车窗上是一片厚厚的白霜,什么也看不见。 车哐哐地开走了,卷起一阵灰色的雪末。

"一切都结束了……"芩芩无力地靠在榆树的树干上,两行冰凉的泪从她的脸颊上滑下来,钻进围脖里去了。 她浑身发冷,脚已经冻僵了。 两条腿发软,胳膊却在微微颤抖……她觉得自己很衰弱,一点儿力气也没有,好像要滑倒。 她转身紧紧抱住了那棵树,把脸颊贴在粗糙的树干上,无声地饮泣起来……

　　一切都结束了……不，也许一切刚刚开始……"你等着！"他恶狠狠地扬长而去……接踵而来的将是父母的责骂、亲朋好友的奚落、邻居的斜眼，背后指指点点、风言风语……传遍全厂的头条新闻，然后编造出一个又一个离奇古怪的故事……如山倾倒的舆论，如潮涌来的谴责，会把她压倒、淹没，而无半点招架之力。　她有什么可为自己辩护的呢？　没有，半点儿也没有。　既没有茹拉甫列夫画的那个新娘的父亲，傅云祥也绝不是拇指姑娘的那个黑老鼠未婚夫……既没有人逼迫过她，也没有人欺骗过她，一切都是她自愿的，虽然她并没有自愿过。　如今，她将被当成一个绘声绘色的悲剧故事里不光彩的主人公而臭名远扬……一切都刚刚开始，可一切都完了。　名声、尊严、荣誉……都完了。或许父亲还会把她从家里赶出去……

　　可是她却什么坏事也没有干呀。　这一切都是为了什么？难道真的没有人能够理解她吗？　她痛苦地拍打着榆树的树干，树干在黄昏的冷风中发出"碒碒——"的响声。　榆树已掉尽了最后一片树叶，无声无息地苦熬着冬天。　它也许已经死去了吧？　那枯疏的寒枝上没有任何一点儿生的迹象。　或许死了倒是一种解脱呢，芩芩脑子里掠过了这个念头。　不知哪一本书里说过，宁可死在回来了的爱情的怀抱中，而不是活在那种正在死去的生活里……她找到了她的爱情吗？　如果真的能够找到……

"要我送你回家吗？"一个声音从榆树的树心里发出来，不不，是树干后面。她吃惊地回过头，恍然如梦——面前站着他——曾储。

"……很对不起……刚才，我听见了……"他低着头，不安地交换着两只脚，喃喃说，"从冰场出来，看见了你们，好像在吵架……我怕他揍你……所以……"他善意地笑了，露出洁白而整齐的牙齿。

"……你……不会见怪吧？……我这人……好管闲事。"他又说。

芩芩脑子里闪过了刚才电线杆下的人影。

"天太冷，会冻感冒。你……总不比我们这种人……抗冻。"

"你都听见了吗？"芩芩抬起头来，冷冷地问。

"听见一点儿，听不太清……我想，你一定很难过……"

芩芩没有作声。

"也许，想死？"他又笑了，却笑得那么认真，丝毫没有许多年轻人脸上常见的玩世不恭的神情。

"我给你打个比方吧。"他爽快地说，轻轻敲了敲那棵榆树的树干，"比如说一棵树，它既然是一棵树，就一定要长大，虽然经历风吹雨打、电击、雷劈、虫蛀，但是它终于长大了。长大了怎么样呢？总有一天要被人砍下来，劈下来做桌子、板凳或其他，最后烧成灰烬。一棵树的一生如果这样做了，也就是体现了树的价值，尽了树的本分。人难道不是这样的吗？ 他生来就是有痛苦有欢乐的，重要的在于他的痛苦和欢乐是否有价值……"

呵，榆树，这半死不活的冬眠的树木，在他那儿竟然变成了人生的哲理，变成了死的注释，揭示了生命的真谛。 他怎么能打这样好的比方，就好像这棵榆树就为了我才站在这里……可你是什么？ 你是一棵白桦，还是一棵红松？ 或许是山顶上一株被雷劈去一半的残木……你看起来那么平常、普通，你怎么会懂得树的本分？ 也许你是一棵珍贵而稀有的黄菠萝，只是没有人认得你……

"要我送你回家吗？"他又重复了一遍，眼睛却看着别处，显然是下了好大的决心。

送我回家？ 怕我挨揍？ 怕我晕倒？ 谢谢。 我不要怜悯。 我要人们的尊重、理解和友爱，而不要别人的怜悯。何况，你自己呢？ 你满怀热忱地向别人伸出手去，好像你有多大的能量。 我向你诉说我心中积郁的痛苦，可你所经历过的那些不为人知的苦难又向谁去诉说？ 水暖工，你这个卑微而又自信的水暖工，你能拉得动我吗？ 我不相信。 那些闪光的言辞和慷慨激昂的演说已经不再能打动我的心了，我需要的是行动、行动……

"要不要我……"他又问，裹紧了大衣。

"不要！"芩芩的嘴里突然蹦出两个字来。"不要！"她又说了一遍。

他默默转身走了。 棉胶鞋踩着路边的雪地，悄然无声。

是的，他穿着一双黑色的棉胶鞋，鞋帮上打着补丁……

小鹿在穿过雪原时，奔跑得轻快而敏捷，自然也是这样，没有惊天动地的响声。它在雪地里留下自己清晰的脚印，却总没有人知道它奔去了哪个无名的远方……

"曾储！"芩芩在心里轻轻呼唤了一声，紧紧闭上了眼睛。

冬天傍晚的夜雾正在街道两边积雪的屋顶上飘荡、弥漫、扩散。西边的天空，闪现着奇异的玫瑰红……

芩芩睁开眼睛，忽然发疯似的想去追他，但他那粗壮结实的身影已消失在拐角处一所童话般的小木屋后面了……

九

那奇异的冰凌花，严寒编织的万花筒，不知不觉融化在温热的暖气里。好像是由于学校工作的改进，暖气加热了，室内气温上升了，于是，教室的窗玻璃上再也见不着那曾经深深牵动芩芩思绪的冰凌花了。也许这样上课时倒可以专心，不至于总是遐思、傻想了……

"哎，老师刚才讲的什么……"芩芩推了推苏娜的胳膊，低声问道。

苏娜告诉了她。

……他是喜欢坐在最后一排的，可是刚才进来时明明看见他的座位空着。难道他又像那次在大楼梯上碰到过的那样迟到了吗？ 可没见他进来，没有。 假如能回过头去望一眼就好了……他好像已经有好几天没来了，难道出了什么事吗？ ……

"这一段就讲到这儿。 下面……"老师咳了一声，又敲敲黑板。 芩芩猛醒过来。

"刚才，他讲了什么？ ……没听清……"芩芩又问苏娜。

苏娜奇怪地看了她一眼，把笔记本推过来。

……快一个星期了，傅云祥那儿居然没有一点动静，他总不会这么轻易地"放"了我的。 不是寻死觅活，就是威胁强迫。 大概在同他的父母商量对策吧，总得想个法子说服他才好。 可是又有什么法子可想呢？ 家里人要是知道了，还不得发动一场"暴风骤雨"。 而别人呢？ 谁能帮助你？ 不是有人告诉你"太晚"了吗？ 而你又偏偏拒绝了另一个人的"怜悯"……

"下课了！ 还愣着干什么？"苏娜冲她诡秘地撇撇嘴，"这几天你咋的啦？"

"瞧你那小脸儿一点儿笑影没有，下巴颏都尖啦！"苏娜眯起眼打量她，"怎么样，现在还不到八点，不算晚，带你到话剧院一位化妆师那儿去，她那儿刚来了一批高级珍珠霜……去不去？"

芩芩摇了摇头。 两天不见，她发现苏娜又换了一种发型：后脑上梳起的发髻像又细又亮的金丝蜜枣。 她总是那么漂亮，漂亮得叫人羡慕；又总是那么热心，热心得叫人讨厌。

芩芩回过头去朝教室的最后一排望了一眼。当然，没有，还是没有他。他没有来。

她忽然生出一点儿希望。

"我问你一件事。"她鼓足了勇气问苏娜。

"我知道你要问什么，"苏娜诡秘地眨了眨眼，"你不说我也知道。"

"知道什么？"芩芩心慌了，好像被人揭穿了一个秘密。

"他好几天没来上课了，你在惦记他，对不对？"

"谁？"

"曾储，那个水暖工。"

芩芩羞涩地低下了头。

"我也是刚听说——他，受伤了。被人打了。一群小流氓，嗬，也真有他的，一个干仨，可到底儿架不住……"

"你说什么？"芩芩惊叫起来。

"有人说就是他一直揭发的原来单位的那个领导报复他……因为市里最近派了调查组，调查那个工厂的问题。那人眼看现在这形势，斗不过了，想把他打成脑震荡，就来这一手……哎，故事长着呢，回头有工夫再给你讲，我该走啦……"

"等等！"芩芩抓住了她亮晶晶的皮手套，慌慌张张地说："你，你知道他住在哪儿？"

"这个……"苏娜笑起来，神秘地耸了耸肩。

"好苏娜，你一定知道……"芩芩简直是在哀求她了。现在她觉得苏娜一点儿也不讨厌，不讨厌了……

"自己去找吧！"苏娜无可奈何地叹了一口气，"离这儿不远，马家沟一座从前老毛子的教堂对面。"

"谢谢你！苏娜，谢谢你！你真……嗳，改天再谈吧！"

芩芩顾不上说再见，跑出教室，一口气冲下楼梯，跃出了大门。

夜沉沉，只有雪地的亮光，照见夜的暗影。

风凛冽，只有横贯全城的电线，为风的奏鸣拨着和弦。

然而，夜挡不住青春的脚步。无论多么黑，多么晚，她要去找他，找到他。

寒风吹不灭生命的火焰。无论多么冷，多么远，她要去找他，找到他，也一定能找到他。

那所古老的教堂的尖顶，在黑暗的夜空里显得庄严肃穆。沉重的铁门紧闭，微弱的路灯照见空寂荒疏的院子里未经践踏的积雪。一只残破的铜钟，在黑夜里发出不规则的沉闷的响声。

芩芩没敢再往里看，快快逃开了它。小时候她上学常常走过这里，从那高大幽深的大厅里传来含糊不清的赞美诗，总使她觉得压抑和迷茫。生活是什么呢？难道就是跪在那里忏悔和哭泣？不，生活也许更像栖息在教堂屋顶上的那群鸽子，每天早上在阳光里像雪片一样飞扬、舞蹈……就在这教堂不远的地方，有一个溜冰场。虽然冰场上总是静悄悄的，却充满着生命的活力——旋转、飞翔……

"信念……"第一次见他，听他说这个词的时候，他的面容几乎同这教堂一般神圣。可他就在这神圣的教堂对面，呵，一座小屋，芩芩掏出书包里的手电照了一下，这破旧不堪的倾斜的小屋，门口的积雪扫得干干净净，从窄小的窗子里透出来温暖的灯光。芩芩伸手去敲门，心不由怦怦跳起来。

……怎么说呢？"来找你。""找我干什么？""不知道。""不知道你来干什么？要我送你回家吗？""不要！""那你来干什么？你很难过是吗？我看得出来……""不是……呵，是的，我很难过，因为听说你病了，受伤了……我来看你……"

没有人来开门。

芩芩呆呆站了一会儿。忽然，那窄小的窗子里飞出一阵热闹的哄笑。

"真赢了吗？"

"真赢了，这还有假？我在青年宫亲眼看见，连眼睛都没眨一下。起初心里直发毛，那个日本人，听说几年蝉联冠军，好厉害，棋子儿捏在手心里就同摆弄颗石子儿差不多。咱们那位毛头小伙子，外号火鸡，初出茅庐，还嫩着哩，替他捏把汗……"

"我知道那小子，有胆魄，去年东三省围棋赛，夺了魁首。"

"就是他，嘿嘿，没承想，他真替咱们中国人长脸，坐那儿一动不动，小眼睛一眨一个主意，没等你看清那棋是咋围上去的，嗬，对方就傻了眼，打得落花流水了……"

"真棒！"

"哦——小火鸡万岁！ 替咱们争了这口气！"

"中国人到底儿有志气！"

"今儿过节啦！"

"……明媚的夏日里，天空多么晴朗……美丽的太阳岛多么令人神往……"有人唱起来，用脚敲着地面伴奏。

欢声、笑声、歌声，还有筷子有节奏地打着脸盆的声音，不高明的乐器声，听不出是二胡还是笛子……

芩芩禁不住轻轻踮起脚尖向窗子里望去，屋里有好多年轻人，正嘻嘻哈哈闹得高兴。 有两个人抱着小木凳合着那歌儿的节拍在原地跳着、转着。 而他，曾储，靠在屋角一铺土炕的墙上，头上扎着绷带，手里却抓着一只口琴，送到嘴边要吹，好像疼得咧了一下嘴，无可奈何地笑起来，用口琴轻轻敲着炕沿，打着拍子……

"猎手们，猎手们背上了心爱的猎枪……"

"我们赢啦！"有人又喊。

"今天过节！"

"小火鸡万岁！"

"还有篮球、足球、排球、冰球呢！"曾储突然欠起了身子，抽出一只枕头朝天花板扔去，"我祝中国队统统打翻身仗！"枕头落在他头顶，他又把它抛上去。

"我响应……"

人们七嘴八舌地嚷嚷，有人把一只热水瓶抛上了半空，没接住，掉在地上，"砰——"的一声巨响，炸了，银色的碎片落了一地。 又是一阵大笑。

"曾储这回连开水也喝不上啦！"

"假如明年国际排球锦标赛中国队打赢，我豁出来买一个新的！"

"先灌上一瓶生啤酒开庆祝会！"

"哈哈——"

他们笑得无拘无束、无忧无虑，真诚、坦率，小小的一间屋子，充满了朝气和热情。 好像一只火炉，看得见那热烈而欢快的火焰在燃烧跳跃。 生活在这里，好像又完全变成了另一种样子，芩芩突然觉得自己是那么羡慕他们。 她很想走进去，走到他们中间去，加入他们的谈话，那难道不是她一直所向往的吗？ ……

小屋通往外屋的门那儿，似乎有一个过道。 她又轻轻敲了敲门，可是仍然没有人听见。 她犹豫了一会儿，试着拉了拉外屋的木门，门没有插，"呀"的一声开了。

她轻轻闪身进去，掩上门，解开头巾，靠在墙上喘了一口气。"啪——"什么东西从天花板上掉下来，差点打在她的头上。她抬头看，黑乎乎的天棚什么也看不清，大概是块剥落的墙皮吧，地板的每一记跳动都会使它发颤——这是芩芩对这个低矮的平房的第一印象。

屋里的人仍是丝毫没有注意到门响，他们讨论得紧张热烈，芩芩不知道自己怎么办才好。

这与其说是一间平房，更不如说是人家家里搭出来的一间偏屋。外屋的墙是倾斜的，半截的砖头露在外面龇牙咧嘴地做着鬼脸。阴湿的墙缝呼呼往里灌着冷风，屋角挂满了成串的白霜，还有两根亮晶晶的冰柱。靠近里屋的那面墙下，有一只炉子连着火墙，炉火很旺，烧着一壶开水。炉灶的另一头有一只熏得漆黑的铝锅、一块砧板和一把菜刀，窗台上搁着几只土豆和一棵冻得梆硬的白菜……

芩芩望着它们发愣，心里吸进了一股凉气。她觉得鼻子有点儿酸酸的。

"……我还是坚持我的观点。"一个鼻音很重的男声慢条斯理地说，"再优秀的人物，也是自私的，怎么说呢？他也是为了实现自己的理想和抱负，无论他多么任劳任怨，鞠躬尽瘁，也不过是为了使自己的灵魂得到安慰。我在市青年宫组织的人生观讨论会上，也是这么说的！"

"我压根儿就不同意你的这种谬论！"一个尖尖的嗓音打断他，"照你这么说，利他只是手段，而利己是目的啰？或者说，利他是动机，利己是潜动机啰？这是典型的市侩哲学。我认为比较完美的社会主义道德观，应该是通常所说的

'利他'，是指从利他的动机出发去行动，在产生利他效果的同时，客观上达到某种意义的利己。 你能说马克思、布鲁诺、秋瑾这样一些历史上的伟人，都仅仅是为了拯救自己的灵魂吗？ 使灵魂安息的办法多得很，可以去行善、布施，用不着冒着上绞架的危险。 一颗渺小的心又怎么会想到为大众的利益去奋斗呢？ 不信你叫阿储说，他一定赞成我的！"

"我可当不了这个裁判！"那个熟悉的声音响了，叫芩芩心跳，"我这些日子倒是常常在想，中国过去过于强调目的和理论，争论来争论去，总是'为了什么''为了什么'，抽象、教条而又脱离实际。 我觉得应该把注意力更多地放在怎样生活上，也就是生活的手段和方法。 比如一棵树，重要的是怎样长成材；一所房子，重要的是怎样盖得结实、耐用。这是实事求是的态度。 因为树和房子总是要有用处，无论'为了什么'，总是为了给人类服务，这是很清楚的。 所以，我比较感兴趣的是人们对待生活的态度。 活着，怎样使社会变得更合理，仅仅停留在对过去的发问不能使今天的祖国富强起来……"

那个鼻音很重的男声说："可是我却不知为什么总是觉得孤独、平淡，我常常听到自己的灵魂中发出的同外界不协调的声音，这恐怕是世界范围的'时代病'吧？ 谁能回答出'生活的意义是什么'？ 我看就是伟人也未必……"

他们全都轻轻地、友好地笑起来。

"我认为，回答这个问题也不那么难，重要的首先是去感受生活。"曾储说,"这既不是说教也不是空话,而是一个平凡的真理。 为什么在大致相同的经历和环境中,人们对生活会有完全不同的体验呢? 可见生活的平淡与否在很大程度上取决于人们自己本身的激情和感受。 我一直这样觉得,只有在生活的深处,在对正义和真理的追求中,我们才会发现真实、善良和美……"

"好极了!"那尖尖的嗓音叫起来,他不知用什么东西当当地敲着茶杯,"曾储高见! 我举手赞成!"

"你们又离题了!"一个严肃的女声抱怨说,"每次讨论经济问题,总要扯到思想呀、政治上去,好像不谈人生就活不下去了……"

"那当然啦。"一个人插言,"伟大的哲学家苏格拉底说过:未经思索的生活是不值得过的。"

"言归正传吧。 说到经济问题,我最近倒有一个新的想法。"又一个声音急促地说,快得好像会计在拨弄算盘,"我认为最好的办法是应该统统种西瓜,当年种,当年吃光! 再不要像前些年那样去种什么核桃树、柚子树,多少年果实也到不了嘴,高积累低效率,人民获利少,需求脱节……"

"也不能全种西瓜。"曾储反驳说,"都这样干,那就谁也吃不着核桃和柚子了,我是主张既要种西瓜又要种核桃的,只是希望核桃长得快些,让我在世时也能吃到,哪怕是它第一年结的果实……"

"上次你写的那篇《对我国经济发展的几点建议》的文

章中谈到中国搞现代化的几方面弱点和优势，我觉得很有道理。 你能不能把优势部分着重谈谈？"有人发问。

"简单说，是这样：我们这个民族和其他东方国家一样，比较注重群体发展，讲究伦理道德，这是东方文明中值得保存的财富。 西方文明则注重个体发展，讲究及时行乐。东西方文明，日本结合得比较好。 日本搞市场经济，自由竞争，但同时保留了东方国家群体发展的传统，这条路是成功的。 这就是集体发展的优势所在。 在中国这样一个人口高密度的穷国、大国，繁荣昌盛是一个长期的历史过程，过去我们只强调集体生存，没有引进集体竞争，这是不对的。 但从国情出发，恐怕仍要坚持集体生存、集体竞争、集体富裕的国策和价值观，摸索结构优化的道路，同时向生态农业过渡……"曾储不慌不忙地侃侃而谈。

"所以经济改革一定要有一个总体构思。 既讲大优势和小优势，也讲避小短和避大短，对吧？"

"对！"

"时间不早了，今天就暂时先谈到这儿吧？"那个斯文的女声认真地说，"刚才分给各人的题目，假如没有意见，就分头去写，三周后交文章，再讨论。"

"可是……"有人叹了一口气，"可是我们做这些到底有多大用处呢？ 我自己也怀疑。 我妹妹就总挖苦我，咱们这么辛辛苦苦，争得口干舌燥，怕是等不到'四化'，自己就先'化'了……"

屋子里顿时静下来，大家都不说话了。 芩芩只恨自己看不到他们的神情。

"……是啊，很困难……"她听到曾储也轻轻地叹息了一声，"周围的人不理解，我们自己的力量也很弱……但不管怎样，我认为重要的不在于生活对我的态度怎样，而在于我对生活的态度……"

芩芩拽紧了围巾。 ……倾倒的墙、灌风的窗子、冰柱、白霜、冻土豆……重要的却不是它们对你，而是你对它们！呵，你！ 你真是一个谜！

"哟，忘了，开水该干锅了吧！"那个尖细的嗓音叫道，一声沉重的地板咔咔响，他急急忙忙地跑出来，差点撞在芩芩身上。

"芩姐！"他忽然冲芩芩喊。

芩芩愣住了。 这不是"海狮"吗？ 他怎么跑到这儿来了？

"你，怎么也……？"海狮疑惑不解地问，"你认识曾储？"

芩芩不置可否地"啊"了一声，说："你呢？"

"……来听听……祥哥那儿热闹是热闹，到底没这儿有意思。"海狮直言不讳地说，"进去呀！"

"我……"

"谁？"曾储的声音从里屋传出来，大概他还不能下地。

"走哇！"海狮拉了她一下。

她满脸通红地出现在门口。 扑进她眼帘的，首先是他额头上缠的绷带，还渗着血迹。 他靠在炕头上，盖着一床薄薄的灰毯子，屋里装满了人，除了人以外就是乱七八糟一堆又一堆的书……

"是你？"她听见他轻轻问了一句，声音是惊讶的。 当然，他没有想到她会来，连她自己也没有想到。

她站在那儿，不知说什么好。

屋里的人一个接一个站了起来，踮起脚尖偷偷退了出去。 她看见他们中间有的人胸前别着白色的校徽，有的人穿着工作服，都背着沉甸甸的书包……

有一个人走到外面又回转来趴在曾储耳边轻轻说："那件事你放心，我们已经把你的材料直接交给报社总编了，也许市委调查组的人明天就到这儿来找你……好好休息。"

"没事！"他有力地伸了伸胳膊，挥了挥拳头，"我这人，不那么容易趴下，可惜拳击还没练到家，否则也不会吃这个亏。 等开春了，上江沿拜个师傅，哪天再好好收拾那些尽仗势欺人的浑小子！"

你还会打架吗？ 芩芩惊讶地抬眼看了看曾储，他的胳膊真粗，说不定还会武术呢！ 看他教训那些小流氓一定精彩，他不会屈服，一定打得勇猛、顽强。 芩芩喜欢勇敢的人……

他们走了，屋子里顿时静下来，只有开水壶仍然在炉子上有节奏地响着。

芩芩走到外屋去，在炉子里添了一铲煤，把炉盖盖上，拎着水壶走进来。 她的眼光在桌上搜寻着杯子，却看见了一只倒扣的碗。 她想把那只碗拿起来给他倒水。

"嗬，不是。"他笑笑说，"不是这只。"他侧过身从炕里面找出一只搪瓷缸来，搪瓷缸外面的釉皮已经剥落，隐隐约约可见"上山下乡"几个字。

她把滚烫的开水递到他手上。

"你有这样的缸子吗？"他问，似乎有点儿没话找话。

"没有。"芩芩答道。 她没听懂，再说确实没有。 她下乡时发的红宝书，足足有六套。"还是有一个好呀。"他没头没脑地说，"什么东西都盛过，吃过，就什么都不在乎了。"

"你是说……"

"随便打个比方。"

他噗噗地吹着那开水，好像再没有话说。

芩芩抬起眼皮悄悄打量这不到十平方米的小屋，一铺城里不多见的小炕，倒是收拾得光洁整齐。 一张蒙着塑料布的方桌，两只方凳，一只大得出奇没有刷过油漆的书架，书架顶上有一只草绿色的帆布提箱。 这些就是全部的家具。 天棚上糊着纸，斑驳的墙壁上没有任何字画，只有一张《世界地图》，还有一只旧的小提琴盒。 屋角的地上有一副哑铃、一副羽毛球拍。 虽然陈设简陋，可见主人兴趣之广泛。 窗上拉着一块淡蓝的窗帘，像一片蓝色的晴空。 窗台上摆着许多小瓦盆，长着各种各样的仙人掌。 芩芩再低头一看，靠窗的地上竟也是仙人掌。 有的像一个个捏紧的拳头，有的像钟乳石，还有的像小刺猬，像缠绕的古藤……

"为什么，不种点花呢？"她问。

"仙人掌，也开花。 只是开花不易，就格外地盼望它，珍惜它……"他说，"我喜欢它，倒是因为它不需要太多的水，也不用照料，生命力总那么强……"

他不再说了，朝墙那边偏过脸去。

"头疼，是吗？"芩芩关切地问，她很想为他做点儿什么，像那次钉扣子，但她没说出来，"……伤得重不重？"

"没关系。"他笑了笑，却咧了一下嘴。

"要不要我帮你做点什么？"芩芩不好意思地说。 她又看见了那只倒扣的白碗。

"不用了，他们刚才来，下了面条……"

芩芩用一个手指轻轻拭着碗边上的浮灰。 碗已经很旧了，有好几道细细的裂纹，碗底结着油垢，它究竟为什么扣着？ 为什么？ 难道它是个古董吗？ 再不就是个祭器？ 真奇怪。 你为什么不说话？ 你也许很疲倦了。 可是，也许……也许那天傍晚应该让你送我回家……

忽然芩芩的座位下面发出了一阵窸窣的响声。

芩芩吓了一跳，手一哆嗦，胳膊一伸，那只碗就"当——"地掉到地上去了。 它在地上转了两个圈儿，居然没有破碎，骨碌碌钻到桌子底下去了。

"你……"曾储突然瞪圆了眼睛，涨红了脸，"你看多悬，就差一点儿！"

他掀开毯子，自己挣扎着走下地来捡碗。弯下身子到桌子底下摸了半天，总算把那只碗掏出来了，他对着灯光小心翼翼地照了半天，松了口气，把它又翻过来，扣在原来的地方。他坐到炕上又歪着头把它打量了半天，好像在鉴别一件什么稀世珍宝。

芩芩大大地奇怪起来。她万万没想到曾储竟然会是这样"小气"的人。假如是一件玉雕，即使只磕碰一下，芩芩也会主动道歉，可这只是一只粗瓷碗。一只碗有什么了不起的？大不了去买一个赔你。她赌气扭过身去看那一排仙人掌，心里觉得有点儿失望。

"真对不起。"他忽然说道，一只手使劲地抓着自己的头发，"没想到……对你发火……我这个人，好激动……好动感情，改不掉……唉，算了……噢，你生气了吗？"

"嗯？"芩芩转过脸来，"没，没有。"

"……刚才，实在不知是怎么回事。假如你知道这只碗，你也许……就不会怪我了……让我为自己辩护一次吧……"他的声音很低，有点儿难为情，"一个人常常要做错事，随时随地都可能……"

这只平常的碗还有什么故事？说真的，假如我没有无意中把它推到地上去，你是什么也不会告诉我的。我宁可你对我发脾气，感谢地板上来回窜动的耗子弄出来的那一记响声……

他的眼睛望着窗台上的仙人掌，好像看见了童年时追逐奔跑过的树林和山岗……

"……你也许不知道，我并不是东北人，十六岁以前，我一直在苏北的一个小镇上。 大概是人说的命不好，我母亲在我三岁的时候就得病死了。 很快来了一个后妈，她有了自己的孩子以后，待我很不好。 每次吃饭，她都在饭桌下用脚踢她的孩子，让他们快点儿吃，吃得多些，有好东西也总是偷偷地给他们留起来。 起初我不知道，后来她的孩子自己对我说了，我的自尊心就受到了伤害。 我每天要去割草来喂鹅，全家的烧柴都归我一个人到山上去砍，砍了再担回来，我长到十二岁，还没有穿过一双新鞋。 但是我读书一直很用功。 十四岁那年，我考上了县中，就搬出家到学校里去住了。 那时候只要考试成绩好，就有助学金，我用助学金交学费。 每年寒暑假，就出去帮人家做工、背纤、撑船、卸货、打石子……什么都干。 学校老师的心肠挺好，每个学期都发给我助学金，这样我每月吃饭的钱就差不多够了……呵，这个开场白太长了，你该厌烦了吧？"

"不……"芩芩只希望他讲下去。

"……有一年过五一节，同学们都回家了，我无家可回。 一个同学没有路费，我把身上仅有的七毛钱都给了他。偏偏不知什么人偷走了我的饭菜票，我连吃饭的钱也没有了，而全校一个认识的同学也没有，县城的同学家，我又不愿去。 我就只好饿着肚子在教室里坐着，后来抱着一点儿侥幸心理翻着自己的抽屉，忽然从一个本子里掉出来一个硬币，我一看是五分钱，真是高兴极了。 我赶快跑到街上的一个小饭店，用这五分钱买了二两白米饭，我很饿，恨不得一口都吞到肚子里去。 我吃了两口，想起饭店里常常有一个桶装着不要钱的咸菜汤，可是找找那桶又没有。 我就端着碗走过去问服务员：'大婶，有清汤没有？'她看了我一眼，指指后院。 我走出去一看，后院里桶倒是有一只，盛着泔水…… 我当时又气又恨，从小没娘的孩子脾气总是倔的，不像现在，经过许多年的坎坷，硬是给磨圆了许多。 那时我觉得自己受了侮辱，我受不了这样的奚落，尽管肚子饿得咕咕直叫，却走到那个服务员面前，'啪'地把一碗饭全扣在桌上了，然后昂着脖子走了出去。 我刚刚走出饭店门口，又饿又气又急就昏倒在地上。 等我醒过来的时候，发现自己躺在马路旁边的一块石板上，一个老头端着一碗馄饨守在我的身边，正一口一口地喂我。 他的指甲很长，衣服也很破、很脏，我认得他，他是这一带的乞丐，是被媳妇从家里赶出来的……我喝着那一毛钱一碗的馄饨汤，眼泪扑簌簌落在碗里，我猛地爬起来给他磕了一个头，把这只碗夹在怀里，一边哭一边跑了……从此以后，这只碗就留在我身边……我常常想，生活大概也是这样，有坏人也有好人，既不像我们原先想象的那么好，也不像后来在绝望中认为的那么坏。 人类社会走了几千年，走到今天，总是在善与恶的搏斗中交替进行……我忘不了那个乞丐，他教我懂得了生活……"

真没想到一个平平常常的碗里盛着深奥的哲理，也没想到你会有那样凄苦的童年。 假如换了一个人会怎么样？ 会因为那一桶泔水把整个世界都看得混混沌沌？ 五分钱一碗白米饭，天哪，你有过这样的日子，我比你幸福多了，不，也许应该说，你比我幸福。 因为你受了那么多的苦难，还保留了一颗美好的心。 你为什么没有堕落，没有沉沦呢？ 后来你是怎么活过来的？ 不要回避我的目光，假如你不讨厌我，把一切都告诉我吧，我愿意在这里坐到天明……

"后来……？"她问。 她恍恍惚惚地好像跟他来到了那没有见过的贫瘠的苏北……

"后来，反正就是这样……没什么好说的了。"他戛然止住了话头，似乎除了这只碗以外，再不愿多说一句。

"你怎么来了东北？"

"……也很简单……到中学二年级那年，我的一个亲舅舅，知道了我的境况，就把我接到他这儿来读书。 他是个技术员，大学毕业分配到东北来工作的，在这里安了家。 他教我溜冰，给我买书，那是我一生中最愉快的两年……"他的眼睛里放出了光彩，却转瞬即逝了，"……后来就'文化大革命'了……我下了乡，刚下乡的第二年，舅舅的工厂就内迁了，离开了哈尔滨。 我在农场种了几年地，工农兵学员当然不够格，办返城也没条件，直到七六年才招工回城。 其实在农场干也不坏，我是想研究国营农场的经营管理的，可是偏偏和分场长不对劲儿，他千方百计帮我找门子，让招工的把我'赶'回城里了，何况那时，我的先前的女朋友，也催我回城……就是这样，三分钟履历，不是没什么好说的吗？"

他说得多么轻松、自在。十年的辛酸，都在轻轻一笑中烟消云散了。

"那你……没考大学什么的吗？"芩芩问。这是她一直憋在心里的一个疑团。

"嘿嘿，"他笑起来，"我这人大概生来倒霉，七七年、七八年两年招生我还关着，没赶上。去年是最后一年，头两天考得还挺顺利，第三天一大早出门，一边骑车一边还在背题儿，没留神撞上了一个老太太，坐马路上起不来了。想溜掉吧，到底儿不忍心，送她上医院。等完了事再赶去考场，打下课铃了……"

芩芩紧紧咬着嘴唇，许久没作声。在她的生活里，还没有见过曾储这样的人。没有！傅云祥是一个走运的人，而他，却是一个不走运的人。她真要为他的不幸痛哭、呐喊、愤怒地呼吁。生活就是这样不分青红皂白地把每一个"契机"，不公平地分配给每一个人，造成了社会的"内分泌紊乱"。而他，一个尝过人世间冷遇的人，竟然还对生活抱着这样的热情。如果不是芩芩亲眼见到，她一定会以为这是小说……

夜很静了，听到远处火车汽笛的鸣叫，时间很晚了，你该走了。为什么还不愿走？你心里不是有许多话要对他说吗？他吃过那么多苦，一定什么样的重负都能承担。告诉他吧，他会告诉你今后的路怎么走……

他伸手抓过桌上的闹钟，咔咔地上弦。 他在提醒你该走了，他很疲倦了，头上的绷带还渗着血，可他那双乌黑的眼睛里没有愁容。 难道在这双眼睛里，生活给予他所有的忧患都在一片宽广的视野里化作了远方的希冀？

"真抱歉，今天不能送你回家了……"他把闹钟放在桌上，"你对经济问题感兴趣吗？ 假如……"

"不！"芩芩站起来，"你真是个傻瓜！"她想喊，"我对什么也不感兴趣，感兴趣的只是你，你！ 你是一个谜，我要把你解开！ 就为了你告诉我那棵树的价值，我也要给你讲故事，讲一个照相馆的故事、一个馄饨店的故事、一个集市贸易的故事、一个……算了吧，我算什么？ 我那一切一切的悲哀、一切一切的痛苦加起来的总和，还装不满你的一只碗。我还有什么值得诉说的忧伤呢？ 人们总以为自己很苦、很不幸，不停地抱怨、哀叹……岂知这世上，最不幸的是那些无处可以诉说自己痛苦的人。 而奇怪的是他们也并不想诉说什么，而在那里忍辱负重，任劳任怨……"

"再见！"芩芩低声说，看着自己锃亮的皮鞋尖，她的声音颤抖了。

"如果你需要我……"她在心里无声地说，嘴唇动了一下，又紧紧抿上了。

门在身后"呀"地关上了。 小屋温暖的灯光，从窄小的窗子里射出去，在黑暗的小胡同里闪耀。 教堂那巨大的暗影，在晴朗的黑空里，依然庄严肃穆，只是在那微弱的灯光下，失掉了先前的神秘。

"信念……呵，信仰……"芩芩对自己说，"无论如何，生活总不应是跪在上帝面前祈祷和乞求……"

芩芩醒了。

梦中的幻象似乎还没有完全从眼前消失：她骑在一匹小鹿光滑而温暖的脊背上，飞掠过无边无际的银色的原野。雪地里长满了绿色的仙人掌，仙人掌那有刺的大手轻轻地抚弄着小鹿身上金色的梅花，于是那梅花绽开了，飞起来了，变成了漫天飞舞的雪花……

她睁开了眼睛。

天刚蒙蒙亮。窗外依稀的晨光中，什么东西在闪烁。呵，那不是梦，是雪花在飞舞，又下雪了。

雪下得好大，窗外白茫茫一片，连院子里几棵高大的白桦树也望不见了。灰蒙蒙的天空像一块锌板，压得人喘不过气。那雪花，好像在沉重地下坠，跌落在地面上，便再也挣扎不起来，如她的一颗心……

谁说雪花是轻松的呢？在西伯利亚发生过暴风雪掩埋整个村庄的事情；在天山常有雪崩；在农场大雪压塌过牲口棚；在这个城市，有一年，电车在雪墙里行驶……呵，大雪，你一层压一层，越积越厚，真像人心上那无穷无尽的忧虑，再也不会融化……

她睡不着了。家人熟睡的鼾声此起彼落，昨夜不愉快的情景又出现在她眼前。

先是妈妈发疯般地冲进来，乒乒乓乓地摔得满屋子的家什叮当直响，指着她的鼻子骂道："你不嫌丢人，我还嫌丢人呢，你要想同他黄了，算我白养你这个闺女！"妈妈又哭又骂地闹到半夜；爸爸早已戒烟，昨晚上又一根接一根地抽起来，长吁短叹，一口一个："好端端的，弄出这样的事，你叫我怎么见人？叫我怎么见人？"然后是傅云祥全家出动，浩浩荡荡、大驾光临，好像要进行"大使级谈判"。他的母亲列举了三十二条理由证明傅云祥是无辜受骗，陆芩芩要对傅云祥和他全家所蒙受的耻辱、丧失的名誉负全部责任。他的姐姐像个泼妇似的站在屋地中央，从她嘴里喷出来一团团墨汁般的污水，劈头盖脸向芩芩泼来："你去另找吧，看你能再找个什么得意的来。就你那样的，找大学生是个矬子；找技术员是个聋子；找工程师是个瘸子！找教授？哼，教授有一堆孩子……我睁着眼睛看着呢，看你陆芩芩眼高，难攀个啥高枝！可惜心比天高，命比纸薄，甩了傅云祥，怕还没人要哩……"

芩芩打定主意不吭声，由他们闹去。她冷冷坐在那儿，毫无表情，他们闹到半夜，芩芩的爸爸妈妈不知赔了多少笑脸，讲了多少好话，一帮人才总算骂骂咧咧地走了。芩芩想到爸爸妈妈为此将要遭到的舆论谴责，心里倒有些难过起来，又气又急，扑在墙上啜泣不已。 他们走了以后，闻讯赶来的大姑又劝了她两个小时，翻来覆去，无非就是那一句话："你再能耐个人儿，也不能不嫁人，嫁了人，好歹就是过日子。 过日子，傅云祥哪点儿不好！"

"我就不嫁他！"芩芩在心里喊，"我情愿一个人一辈子！ 你们谁也不明白我！"她心里憋得慌，只好哭。

大姑叨叨咕咕地走了，芩芩心疼这快六十岁的人为自己的事连夜赶来，抹着眼泪送她到楼下大门口。

门外的路灯下站着一个人，在寒风中缩着脖子，来回地走动，等她的大姑走远了，他迎上来。

"你站住！"他叫她。 嘶哑的声音里露着凶狠。 是傅云祥。 他们全家出动，唯独他没有露面。

芩芩站住了。

他走上来，一只手插在棉袄口袋里，一只手藏在身背后，呼哧呼哧地喘着粗气。

"你真要这么绝？ 为啥不早说？ 我傅云祥哪一点儿地方对不起你？"

芩芩抬起眼睛望着他，轻轻说：

"……你知道，一个人想明白一件事，弄懂一句话，要时间……你没有对不起我，我只是怕对不起你也对不起自己……"

"哐啷！"什么东西掉在地上了，是金属的声音。

"扑通！"他跪在她脚下的雪地上，抱住了她的腿，"芩芩……你……回心转意吧……咱们还好……我，不会……"

芩芩的腿在发颤，她闻到了他头发上发蜡的香味。 她轻轻叹了一口气，拨开了傅云祥的手。 她不知道自己是怎么走回来的，跌跌撞撞，脚步踩得雪地咔咔直响，她扑进房间，回头看见路灯下的人还站着……

现在天亮了，路灯下的人影已经不见了。 昨夜的脚印，已让一场新雪覆盖，再也找不到它们……

然而，人生的脚印，却是没有什么东西可以覆盖的。 它走一步，就留下了一步的足迹，无论正的、歪的、斜的、倒退的、朝前的，都会永远地留在你生命的史页上，为你一生的成败做最后的鉴定。 那一步假如歪了，你即使更改过来，它也留下了歪的印痕……你苦苦挣扎为的是什么？ 你以为那谣言、谩骂真的不会吃了你吗？ 轻飘的雪花还能压断大树，而你只是一株柔弱的小草，一阵风来就可以把你连根拔起……

芩芩忽然神经质地从床上跳下来。

她迅速套上了衣服，马马虎虎地擦了一把脸，蹑手蹑脚地打开门走了出去。

风真大，少有的大风，刮得雪片横飞漫卷，迎面扑来，呛得人睁不开眼睛。 眼睛胀得发疼，是昨晚哭得红肿。 芩芩在雪地里疾走，有好几次差点摔跤。 她的红围巾上披了一层厚厚的雪花，眼睫毛上却闪耀着晶莹的雪水……路边那俄式别墅全玻璃的花房、绿色的栅栏，都隐没到茫茫的飞雪中去了，城市重又变得洁净……望得见傅云祥家的二层楼房了，那狭长的梯形小窗、花格子阳台，仍然像是一个童话，是一个你一踏进门即刻消失的童话……

"我回来了。"芩芩毫无知觉地朝前走着，木然自语。"无论如何，你还算是一个好人，我一点儿都不怪你，只怪我自己。我除了回来，没有别的出路。虽然我明知结婚——作为把命运联系在一起的终身伴侣，一个你生活中将一辈子追随的目标，是不应凑合，不应将就的，可我仍然只能以失败告终。理想是云彩，而生活是沼泽地。离开了那个破旧的小屋，我的勇气就丧失殆尽了。我不是不清楚，这样结合的婚姻只能是加快走向坟墓的进度。原谅我这样说，我一直无法摆脱这个感觉。我和你在一起并不快活，我从来没有尝过爱情的甜蜜，这是事实。我不爱你，我也不知道你是否真的爱我，或许你的爱就是那样的吧。我欺骗了自己很久。强迫自己相信那只是我的错觉，结果也欺骗了你。虽然我从没想过要欺骗人，可是这种感觉却一天比一天更强烈地笼罩了我。人是不应该自欺欺人的，无论真实多么令人痛苦……

"人活着到底是为什么呢？人生的意义到底是什么？我想得头疼、发昏、发炸。可是我没有找到回答，也许永远也找不到。但是我不愿像现在这样活着，我想活得更有意义些，这需要吃苦，需要去做许许多多实际的努力，而在事先又不可能得到成功的保证，我知道这在你是绝不愿意的。可是我看到了在你和我的生活之外，还有另一种生活；在你以外，还有另一种人。 假如你看见过，你就会对自己发生怀疑，你会觉得羞愧，会觉得生活完全不应是现在这个样子……这十年无论多么艰难曲折，总有人找到了光明的去处；这十年的荒火无论留下了多么厚的灰烬，那黑色的焦土中总要滋生新的绿芽，从中飞出一只美丽的金凤凰。 ……呵，也许不会，你什么也不会想到，这就是你，这也是我们走到今天终究要分手的原因……原谅我吧，原谅我。 我记得你给过我的所有关心，可是我却不能爱你……假如社会能早些像现在这样关心我们，不仅给我们打开眼界和思路，而且为我们打开社交的大门，假如这一切变化早些来到我们心上，假如我早些知道自己应该怎样去生活，也许这样的事就不会发生了……道德、良心，呵，从此我将要承受多么沉重而又无可推卸的负担啊。 不不，我没有力量承受，我会被压垮的，我会毁掉的，所以我只好回来了……你会原谅我吗？ ……我干了一件蠢事，只好自作自受……"

她摘下手套，伸出手去按门铃。

门铃很高，台阶上落满了雪。 她的脚底下滑了一滑，手套掉在地上的白雪上了。

一只墨绿色的呢面手套，是芩芩自己用碎布拼做的，厚实而暖和。 她捡起它来，手套上沾满了雪末。 她拍着雪，忽然愣住了——她觉得这不是手套，很像是一盆绿色的仙人掌。

她猛地把手套抱在自己胸口，她听见心的狂跳。

房子的走廊里传出了收音机里的广告节目。 他们已经起床了。

门铃就在头顶，踮起脚尖就可以按着。

可是台阶上突然摆满了仙人掌。

有脚步声朝门口走过来了。

芩芩抬头看了一眼门铃，怔在那里。

门锁在咔咔地响，插销在响。

她忽然转身跳下了台阶，跳在雪地上。 她险些又滑倒，却紧紧抱着她的手套，飞快地跑起来。

"芩芩——"她听见身后粗鲁而绝望的叫喊。

……雪还在下着。 它们曾经从广袤的大地向上升腾，在净化的渴望中重新被污染，然后又在高空的低温下得到晶莹的再生——它们从高高的天际飘飞下来，带来了当今世界上多少新奇的消息？

呵，仙人掌，你不在积雪的路边，也不在芩芩的胸口，而在这里，在这破败的小屋的窗台上，一盆盆、一簇簇，苍翠、挺拔，像手掌，像拳头，像手指，也像手腕……是手，凡人的手，普通人的手，创造生活的手，而不是什么仙人掌。 你有刺，可你多么有力，你是会改变一切的，当然会改变，只是唯独不能改变自己的命运……

"我来了！"芩芩急切地喊。 她没有敲门，径直闯了进去，"我来了！"她焦灼地喊，站在屋地中央。"假如你需要我……"她说过，可是不，不是。 是她需要他，去按门铃的一瞬间她才真正明白了自己，"我来了……"她讷讷地自语，却为这空无一人的小屋的嗡嗡回声感到凄寂怅惘。

门开着，薄薄的被褥叠得整整齐齐，却没有人。仙人掌在举手向她致意，或许是说再见。

她颓然跌坐在凳子上，腰骨震得生疼。

桌上是一堆打开的书，杂乱无章地叠在一起，露出夹在书页里的小纸条。她瞟了一眼，发现那都是关于经济问题的论著。书的最底下压着一沓狭长的白纸，写着黑压压的小字，好像是一篇文章的手稿。芩芩注意到那白纸似乎是从什么地方裁下来的毛边，废品商店有论斤卖的。书稿中露出那只倒扣的蓝边粗瓷白碗，旁边压着一本很旧的笔记本。

闹钟在"嗒嗒"走着。芩芩坐着有点儿发闷，抬头对了一下表，钟很旧，却走得很准。

她猜想他是出去吃早点了。她的目光停留在那本灰色的笔记本封面上，犹豫了一下，终于忍不住拿起来。

"啪——"什么东西从本子里掉出来。好像是一块旧布头，还有一张发黄的纸片。

芩芩好奇地打开那块一尺见方的布头来看，她的心骤然缩紧了。

白布上有一行歪歪扭扭的血写的字迹，由于时间长而显得发黑和模糊，隐约可辨这么几个字："誓死捍卫……曾储1966 年"。

这是一份血书。这么说当年他也写过血书？用牙齿咬破手指，用小刀扎进皮肤，滴下来点点忠诚的鲜血……这么说他也曾经有过狂热的年代，有过迷信，有过受骗，有过……血书是历史真实的记录，凡是在这块土地上长大的青年会犯的错误他都有过；凡是一颗真诚的心会经历的苦痛他都经历过。可他为什么竟然没有从此一蹶不振呢？为什么没有万念俱灰、沉沦、堕落？

她抓起另一张纸片来看，脸上愀然作色了。

假如她没有看错，这是一张遗书。千真万确，上面用毛笔写着几个字："别了！生活！——曾储 1970"。

奇怪的是，"生活"两个字被加上了圈圈，在一九七〇年的下面，还有几个用钢笔写的阿拉伯数字：1971，一个细长的箭头指着"别了"那两个字。

这是什么意思呢？芩芩看不懂。那明明是一份遗书，他却活下来了，活得这么乐观、兴致勃勃，像这仙人掌，不需要很多的水，耐饥耐旱，顽强、固执……他到底怎么活过来的呢？是什么样绝望的悲伤使他产生过死的念头？他总是一个谜，你不能理解他，就永远解不开这个谜底……

门"吱呀"一声轻轻推开了，伸进来一个小脑袋。

"曾哥在家吗？"是一个小男孩，顶多不过八九岁。胖乎乎的脸蛋，怪好玩的。

"进来。"芩芩招呼他，"找他有事吗？"

"有事。"那孩子腮上挂着泪痕，哭哭唧唧地说："我哥踢球把王奶奶家的玻璃打坏了，反赖我。我妈向着我哥，我让曾哥评理。 上回我妈同**魏大娘**干仗，就是让曾哥评理的……"

"哦？"芩芩觉得有点儿好笑，"你曾哥，是人民代表吗？"

"代表？ 不，不代表。"孩子想了想，晃晃脑袋，"可他啥都管。"

"哼，管到我头上来了！ 也不睁眼瞧瞧我是谁？ 我魏老娘可不是好惹的！"一阵连珠炮般的骂声从窗外飞进来，虽然看不见人影，也能想象出一个泼辣的中年妇女，两手叉腰站在路上，冲着这边叫道："我的垃圾爱倒哪儿倒哪儿，用不着你来告诉！ 吃饱了撑的，见天多管闲事……"

"**魏大婶**，这就是你的不是了。"一个白发苍苍的老太太颤巍巍地出现在小窗口，怀里抱着一包东西，"你那垃圾倒得不是地方，光知自个儿图省事，哪回不是小曾子帮你收拾掉的？ 一年三百六十天，人也该有个明白的时候，你还好意思在这儿咋呼……"

"我……哼……他帮我收拾，他这是愿意！"

"哎，别走，**魏大婶**……"芩芩听见了那个她等待已久的熟悉的声音。 脚步咔咔踩着雪走过来，在小窗外站住了，笑呵呵地说："咱们干脆说清楚了，您要再往这块儿倒垃圾，我就让街坊大伙往上倒脏水，在你门前冻上一座冰山，开春儿够你瞧的！ 还不是你自个儿倒霉……"

"曾哥回来了！"那孩子扑出门去。

"这号人，就得这么治她！"他扶着那白发苍苍的老太太走进来。 脸冻得通红，眉毛上都挂着白霜，手里抓着一只咬了一半的火烧，衣袋里露出一只拆开的信封。 老太太把怀里的东西小心翼翼地放在锅台上，原来是几只热腾腾、黄澄澄的黏豆包。

"快趁热吃！ 刚从乡下捎来的。"老太太慈祥地望着他，"伤没好利索，就起来啦？"

"好啦！"他把鼻子凑上去闻了闻，"真香！ 怪馋人的！王奶奶最疼我！ 哎，你家房子的事有消息没有？"

他们都没看见站在里屋门边的芩芩。

"跑了多少次房管局了，还没消息。 唉……"老太太叹了口气，"白耽误你的时间，写了多少张申请，没个答复。石头扔水里还听个响，唉，一家七口人住九平方米，还硬是不给落实……真恨死个人了！"

"别生气，王奶奶，着急上火也不管用，您如有事尽管找我。 写十次八次不顶用，咱们磨它几十次几百次，不怕它不解决。 真不行，哪天陪您老找区里告他们去！"

"哎哎……"老太太用袖管擦了擦眼角，"……快吃吧，好孩子……黏豆包……没啥好玩意儿……明知道同你说这些事，你也没能耐帮俺的忙，可也奇怪，同你说说，心里就痛快，就敞亮了……"

"进屋坐会儿再走吧，看我都忘了让您坐……"他扶着老太太要进里屋，一回身这才看见了芩芩。

"是你？ ……"他惊讶地张大了嘴，眉心掠过一丝惊喜。

王奶奶善意地望着她笑起来，领着那孩子悄悄走了出去。

芩芩使劲攥着自己的围巾。 她觉得自己的手心冒汗了。为什么这么紧张？ 也许应该坦然地笑一笑……

"我来了……"她喃喃说，"我要把一切都告诉你……"

他望着她，眼光是严肃而亲切的。

"……我都知道了。"他打断了她，"是小海狮告诉我的……没什么……如果你遇到了困难，无论什么时候……"

无论什么时候？ 将来吗？ 不，芩芩要的是现在，是此时此刻。

"嗵……"是铁钩子捅煤炉的声音。 他不见了，在外屋添煤，捅得那么用劲。 煤"呼"地着起来，好像静夜中原野上驶过的火车，隆隆响着。 火车开走了，风驰电掣，驶过那一个个开满鲜花的小站，没有停留……

"你不要担心，大家会帮助你的！"他在外屋大声嚷嚷，"一个人没有痛苦，就不会有欢乐……只要还能感到痛苦，心就没有麻木，生活里就还有希望……这种痛苦越是强烈，一个人的生命就越旺盛……你说对不对？"

他走进来，鼻尖上沾着一点儿煤灰。

"你说对不对？"他又兴致勃勃地问了一遍。

芩芩勉强点了点头。 她转过脸去，怕自己哭出声来。

两颗晶莹的泪，落在她手里那张遗书上，她还没有来得及把它们放好。

"呵……你看见了……"他轻轻自语。

"为什么？ 为什么？"芩芩急切地抖动手里的那张纸片问道，"十年了，你还留着它们……"

他像孩子似的笑了笑，露出了一脸的稚气。

"为什么不留着？ 孔夫子还说，温故而知新……"

"别了——为什么要告别？ 为什么又没有？ ……"

"因为绝望——一个人一生总会遇到这样的时候，况且是我们这一代人。 具体为了什么事产生要'别了'的念头，有点记不清了。 或许是为受了委屈、侮辱、欺负，或许是为了一句话……后来又为什么没有，也讲不太清楚。 很简单，也许是在树林子里看到了一只飞跑过的小鹿，在水边看见了一个小姑娘在专心致志地采花……生活，不会总是这样……否则，要我们活着干什么？ ……"

"可是，你在'生活'两字上加了圈圈，'别了'的箭头指着一九七一年——可为什么仍然没有'别了'呢？"

"谁说没有？"他的口气突然严肃起来，"别了——同自己的过去告别，七一年那一次思想危机，才真正开始了我人生道路上的一个新阶段。 打一个比方，有一点儿像……像亚瑟偷偷地坐上小船逃走，小说翻到了第二部……"

"可是你为什么没有堕落？ 你总是那么倒霉……"

他苦笑了一下："堕落？ 怎么会没有？ 我曾有好几次走

到过堕落的边缘，只是没有掉下去……我从监狱出来后，听说她……噢，你不知道，就是我以前的女友……结婚了……我痛苦得几乎要发疯……跑到她那儿去……我的血在沸腾，仇恨的火焰在燃烧，那时是什么事情都做得出来的……可是，隔着玻璃窗，我看见她坐在床边晃着一只摇篮，在摇她刚刚出生的婴儿，神态那么安详、宁静……我的心颤动了，我悄悄地逃走了……每个人都有他自认为的幸福，人生来就有追求幸福的欲望和权利，只要妨碍这种幸福实现的社会条件还存在，或是实现这种幸福的客观条件还没有全部具备，我们就不可能指望在某一个人身上得到偿还和报复……我们要做的事情太多了，需要指责和憎恨的不是她，而是十年动乱，是极'左'，是愚昧和其他一切丑恶……"

芩芩忽然气喘吁吁地打断了他，没头没脑地说：

"你知道北极光吗？"

"北极光？"他有点儿莫名其妙。

"是的，北极光！ 低纬度地区罕见的一种瑰丽的天空现象，呼玛、漠河一带都曾经出现过，像闪电，像火焰，像巨大的彗星，像银色的波涛，像虹，像霞……"她一口气说下去，"真的，你见过吗？ 听说过吗？ 我想你一定听说过的……你知道我多么想见一见它。 小时候舅舅告诉过我，它是那么神奇美丽，谁要是能见到它，谁就会得到幸福……真的……"

他眯起眼睛，亲切地笑起来。

"你真是个小姑娘。"他"哗啦"一下拉开了窗帘，阳光映着雪的反光，顿时将这简陋的小屋照得通亮，"我想起来，十年前，我也曾经对这种神奇而美丽的北极光入迷过。……我是喜欢天文的，记得我刚到农场的第一天，就一个人偷偷跑到原野上去观测这宏伟的天空奇观，结果当然是什么也没有看到……我问了许多当地人，他们也都说没见过，不知道……我曾经很失望，甚至很沮丧……但是无论我们多么失望，科学证明北极光确实是出现过的，我看过图片资料，简直比我们所见到过的任何天空现象都要美……无论你见没见过它，承认不承认它，它总是存在的。在我们的一生中，也许能见到，也许见不到，但它总是会出现的……"

他的目光移向窗台上的仙人掌，沉吟了一会儿，又说："……我现在已经不像小时候那么急切地想见到它了，我每天在修暖气管，一根根地检查、修理，修不好就拆掉了重装……这是很具体的劳动，很实际的生活，对不对？它们虽然不发光，却也发热啊……"

阳光从结满冰凌的玻璃上透进来，在斑驳不平的墙上跳跃。那冰凌花真像北极光吗？变幻不定的光束、光斑、光弧、光幕、光冕……不不，北极光一定比这更美上无数倍，也许谁也没见过它，但它确实是有过的。也许这中间将要间隔很久很久，等待很长很长，但它一定是会出现的。

"谢谢你！"芩芩说。她的眼睛望着他胸前那亮闪闪的小鹿，"谢谢——"她哽咽了。她多么希望能紧紧地握一握他的手，他的手一定是温暖而有力的。

"咱们到外面去走走……刚下过雪。"他局促不安地提议，"我，好久没去江边了……看见了吗？ 又是退稿，社会科学院的退稿信。"他摸出衣袋里那只拆开的信封，递给她，"不过没关系，我还要写，我相信自己的想法是对的，也许因为表达得不够准确，暂时还不能为人接受……"

"还写吗？"

"是的。"那声音斩钉截铁。

"……你的伤……好些了吗？"她清醒过来，这才想起来问。

"没问题。"他晃了晃脑袋，"一点外伤，没事！ 活动一下好……你对经济问题感兴趣吗？ 欢迎你常来参加我们的讨论……世界大得很，听说上海缝纫机厂有一批青年，专门研究现代化的企业管理，写出了有关弹性工作体系和作业指导等方面的书……"

芩芩心里忽地涌上了一阵暖暖的柔情。

……夏日里宽阔的松花江，此时像一片无边无际的白雪皑皑的原野。 马车的铃声在远远地响着，只看得见那蠕动的黑点，好像童话里飞奔而来的十一匹马拉的雪橇……

一个穿着金黄色滑雪衫的小男孩，伏在那一只崭新的木头冰橇上，像燕子，又像飞机一样从高高的冰台上掠下来，顺着冰橇的跑道，一直滑出去老远，快滑到江心了。 后面的一个，冲下冰台后，冰橇却一直打着圈圈转，冷冽的风中传来他们咯咯的笑声……

曾储捧起一团雪，用力一挥手扬了出去，风儿却把它们挡回来，扬了他满头满脸。 他紧跑几步，身子向后一仰，打了一个"出溜滑"，像孩子似的开心地笑起来。

"你总是这样吗？ 好像从来没有忧愁……"芩芩蹲在地上发问。 她仔细地看着冰橇的跑道两边刚刚被打扫出来的一块冰面，冰是透明的，呈现着一种晶莹的绿色，好像一眼能望见冰层底下流动的江水，望见江底鱼儿自由地游动……

他抓起一把雪很快地搓着手背，搓了好一会儿才说：

"忧愁？ 为了让人家同情你吗？ 我不要。 也许……因为我从来就这么不走运……在物质生活上，我从来没有得到过什么，所以也无所谓失去。 我不像有许多人可以抱怨命运，我好像连抱怨的资格也没有。 ……一个人假如不能自拔于困境，也会流于庸俗。 更何况，人活着……总不能仅仅为了自己……我宁可撞死在自己的理想上，也决不回头……"

他忽然惊喜地指了指前方：

"你看——冰帆！"

芩芩看见在不远的江面上，疾驶着一行鼓满风帆的船。小小的船只高高的桅杆上，挂着一面面三角形的白帆。 她看清了原来船身的甲板只是一根粗大的木方，下面安着两根三角形的铁轴。 风吹动白帆，铁轴就迅速地在冰道上向前滑行……每只船上都坐着一群兴高采烈的孩子，戴着漂亮的滑雪帽，不时发出一声声惊呼……

他们情不自禁地朝着冰帆跑去。

"可我还是盼望春天!"芩芩忽然站住了。 她的脸让风吹得通红,围巾在脖子上飘动。 她凝视着曾储那乌黑的眼睛,大声说:"开江了以后,我们来划船好吗? 你会划船吗?"

"当然会!"他点点头,大口大口地吐着白色的寒气,"我也盼望春天……可是,从开江到真正的春天到来,还有一段泥泞而漫长的道路。 ……解冻的地面也许布满陷坑,但充满生机。 要走过这一段刚刚开化的路,真不容易……不过我相信我们会走过去的。"

"可是我不会划船。"芩芩不好意思地说,"以前,我总是害怕……"

"为什么要害怕? 我来教你! 还有游泳,都能学会。你不想横渡松花江吗? 毕竟,只是盐才会溶化在水里,而石头却永远不会。 ……这点我算是看透了!"

又有一个穿红棉袄的小女孩坐在雪橇上飞下来,像一个红色的绒线球,一直延伸到江心,又好像一道彩虹,要横贯整个江面。 那不是红绒球,是芩芩小时候的滑雪帽,是旋转的冰鞋……而那一切是多么遥远了啊,远得好像那神奇的北极光,看不清,摸不着,只在无比深邃的天际闪耀,照亮了宇宙的一个小小的角落。

芩芩眨了眨眼睛,那炫目迷人的光泽消失了。 有一只,不,有一群轻捷的小鹿,在雪地上不知疲倦地奔走,扬起了一道道迷蒙的雪雾……呵，那不是鹿群，而是几匹健壮的枣红马，正嘚嘚地从江对面迎面驶来，拉着沉重的马车。 芩芩和曾储以前在农场劳动时都坐过无数次的那种结实的马车。她眯起眼睛，看见马车满载的货包上覆盖的一层新雪，在阳光下闪耀着质朴的光……

把……光调亮

一

好几个月过去了，卢娜总觉得这个人出现得有些蹊跷。

所谓蹊跷只是一个说法。让卢娜郁闷的是，这人走后好多天，自己竟会常常想起他来。

这人是书店的一个陌生顾客，讲一口还算标准的普通话，面生，一听一看就知道不是本地人。本城常来的买书人，卢娜差不多都认识。顾客顾客，是店家的客，光顾之后走人。在本地方言里，过客和顾客是同一个发音，意思也差不多了。

他进门时朝卢娜客气地点了点头，算是打过招呼。此后无话，独自一人站在书架前一排排看过去。他蹲下去又站起来，一本本看得十分仔细，拿出来又小心地放回去，有时还把书翻开，在版权页来回查看，让卢娜疑心是否扫黄打非部门来暗中探访。他下午4点多钟进店门，在书店里站了大半个钟头。其实每排书架的角上都是有弧度的低木沿儿，专门给那些来蹭书看的学生坐的。卢娜很想和他打个招呼，你要看书爽性坐下来嘛。想了想，又忍住。这种书痴，时髦的叫法是书虫，卢娜以前也见过几个，随他。

那天下午，到了5点多钟，他的购书筐已经满了，又回身去抱了几本，一起放在收银台上。卢娜一眼看过去，算出有二十多本。等着卢娜清点的辰光，他踱步到店门外去，抬头朝着门楣上的招牌看，然后一字一顿念道，明光书店！又自言自语，明光书店，这个名字蛮好！

明光——卢娜心里忽然被狠狠地剜了一下。明光？自己有多久没喊这个名字了？

就这一声唤像勾魂一样，另一个人在一刹那就回来了。那个人站在卢娜面前，使她一时乱了方寸。卢娜用手指敲打计算机，一次次敲错，重来，还是错。有人勾魂，有人就失魂落魄了。

他站在一边耐心看着卢娜结账。当她拿起那本精装的《宽容》扫码时，他开口问，明光书店开业有几年了？这本书，你店里前后卖过多少种版本？

卢娜的手指嗒嗒响，闷头答道，我的书店开了有十多年了，这本《宽容》，除了三联的老版本，起码还有过七八个版本，有中英文双语版、摄影艺术版，还有《房龙文集》呢。你买下的这一种是三联去年新版的精装，前面的序言你有空看看，里面都写得蛮清楚……

这人有一刻没说话，卢娜能感觉到他惊讶的目光。然后他伸出手把这本书抽了出来，翻到扉页，摊开在她面前，请问明光书店有书章吗？就是那种藏书用的书章，很多书店里都有的。 你能不能帮我盖一个？ 我到这个县城好几天了，就想寻一家像样点的社科书店。 我说的不是新华书店，是明光这样的民营书店，还真被我寻到了。 我第一次到这里，也算留个纪念。

她摇头，没有，对不起哦。

他显然感到意外，抬头环顾书店，又说，明光书店，这么好的名字。 读书就是给人带来亮光，你为啥不刻个章呢？有些书店，收银台上放一排书章，读者自己就可以盖……

卢娜有些愣神。 明光书店开业十几年，她为啥一直没有刻个书章？ 她问自己。 这些年书店生意越来越难做，为了让那些爱读书的老顾客满意，她去省城进货的频率越来越高，事先还要上网做功课，反复选择图书书目，以便在第一时间让性价比最高的图书在明光上架。 不过忙不是理由，以前就是再忙，每逢端午，她都会亲自到小商品市场去挑选材料，蜡染、丝绸、蕾丝花边，做成各式各样的香袋，散发出好闻的香料气味，就像一只只小巧玲珑的五彩小粽子，送给书友和老顾客，作为明光书店的谢礼。 还有中秋节，哪怕是自己设计的一张小小的月亮卡片，也代表了明光的心意。 但这两年，实际上她并不算太忙，甚至可以说越来越不忙了，顾客正在一天天少下去，那些她千挑万选购入的新书常常被冷落在那里，封面上连个手指印都没留下。

她当然不会告诉这位顾客，她不刻书章是因为她从一开始就没想过刻书章。 她不想让明光这个名字被人盖在书页上，跟着别人走了，然后住在别人的家里，被别人的手指触摸……

　　不过这位陌生顾客的建议，让卢娜在那个临近黄昏的时刻，不得不面对着另一个人。 这位顾客不会晓得，明光是一个人的名字，一个很久以前的人，确切地说是她童年的伙伴，消失在她高考落榜那一年。 这个陌生顾客身上好似发出了一种超能电波，把那个被她假装忘掉的人一下子吸出来，像一幅放大成一人高的图书封面广告，竖立在她面前。

　　这个轮廓清瘦、眉眼细长的中年人来过以后，他的身影常常无端从她眼前闪过，渐渐和另一张年轻的面孔叠在一起，难分彼此。 卢娜忽然明白，她想的、等的那个人，其实不是面前这个买书人，而是当年的那个小男生。 尽管明光每天都悬在店门的匾额上，漠然望着出出进进的顾客，卢娜却已经和那个明光生分了。 是这个素不相识的人把那个走远的人牵回来了？

　　那天傍晚，面对这个一下子买了二十多本书的人，卢娜拿不出一枚书章给他盖，觉得有点对不住，只好略带歉意地对他说，那我给你办一张优惠卡吧，今天就可以打九折。 这几本都是旧书，封面都被人看脏了，我按七折给你……

　　他笑着说，不用不用，开书店不容易的。 我在这里大概要住好几个月，假如不走，下次来你再打折好了。

　　卢娜没有遇见过不肯打折的顾客，觉得这人有点好笑。转念一想，办卡是要填写他的名字和手机号的，他大概是不想让人家知道他的名字吧？ 下次再来？ 也就是说说罢了，他一下子买这么多书，要看上好几个月呢。 真想问问他，为啥不去主街上的新华书店买书？ 他是从哪里听说明光书店的呢？

话到嘴边又咽回去。 卢娜心里其实还有更多问号，比如他是做什么工作的？ 为什么买的都是社科类的书？《李光耀论中国与世界》、秦晖的《南非的启示》、徐贲的《明亮的对话》都是前两年进的货，封面早已被人摸得脏兮兮的，每种只剩下了最后一本，她却一直舍不得退货，倒好像是专门给他留的。 王蒙的《中国天机》、托克维尔的《旧制度与大革命》，早几年也都流行过了。 他好像偏爱老书？ 大概平时没有很多时间看书吧？ 卢娜有点感激这个人，他好像特地来给明光书店清仓呢。 县城还有几家小书店，从来不进这种素封面的讲道理书。 所以本城的老顾客都有数，要买这种书只能到明光书店里淘。 这样一想，卢娜心里有点高兴，可见明光书店的牌子和名气早已传得很远了？ 卢娜用眼睛的余光扫他一眼，她卖了十几年书，眼光很刁，只要看看他买什么样的书，就晓得他是个什么样的人，由此判断此人的学历和职业，十有八九是不会错的。 不过眼前这位顾客让卢娜有点拿不定主意。 县城附近有驻军，那里的军官士官都是书店的常客。 可是这个人呢？ 一副文弱书生的面相，既不像穿便服的军官，更不像医生，也不像工程师。 那么他只能是一位大学教授了？ 当然是文科教授，理工男一般不读《巨流河》

《没有宽恕就没有未来》这种书的。 他买的都是历史人文类，连一本小说都没有，可见他也不是文学教授，而且是不会操作网购的那种老派教授。 否则卢娜倒有好几种最近大受欢迎的小说推荐给他，英国作家鲁西迪的长篇《午夜之子》、波兰小说家布鲁诺·舒尔茨的《沙漏做招牌的疗养院》，还有中国科幻作家刘慈欣的《三体》，年轻人都很喜欢。 现在县城里大学毕业生研究生多的是，北上广刚开始流行什么好书，这里的读者就来电话催问了……

这么啰唆的问题，面对的又是一个陌生人，卢娜自然不好意思开口。 她心想，卢娜你现在真是闲得要死了啊，这个人跟你半点不搭界，管他是教授还是工程师呢！

卢娜没开口，他却开了口。 他抽出那本巨厚的《耶路撒冷三千年》，好奇地问她，这部书去年刚上市，你这里怎么能进到货？ 县城的读者不容易买到经典书吧？ 我听说这本书连县城的新华书店都进不到几本，不要说民营书店了……

卢娜看他一眼，笑着说，卖书人总有办法的，不要小看了县城书店，这本《耶路撒冷三千年》，本店已经卖出去好几十本了……

她不想告诉他，为了让明光书店第一时间进到最新最抢手的书，她曾经动过很多脑筋。 有个本城书友的女儿在北大读书，离五道口的万圣书园很近。 那个女孩春节回来探亲，卢娜一次次叫她来吃饭，亲手做了霉干菜烧肉、鱼头炖火腿，就像亲生女儿回来了一样，惹得邻居说闲话，小娜你儿子高中还没毕业呢！ 那女孩回北京后，每礼拜都会去一趟万圣，把万圣的权威推荐每周书榜用手机拍了照，用微信发给她。 卢娜再按图索骥直接去出版社进货，快捷度自然超高。按常规，民营书店只能从省城的博库书城及县新华书店进货，这一条也被她七拐八弯地钻空子破了戒……书店书店，有了好书才会有好顾客！ 是她的回头客支撑了书店，这个他总应该懂的吧？

在他惊诧的目光里，她亲自为他把书捆好，再套上一只大号的塑料袋，这样拎起来就稳当了，不会把书角弄皱。 现在人工越来越贵，很多琐杂的事情，她常常都是自己做的。书店的活是体力劳动，拆包搬书上架，文弱小姑娘做不动；肯吃苦出力的年轻人，多半是从乡下出来打工的，连书名都记不牢，她哪里敢要呢？ 她见过网上一张图片，一家书店招聘员工的告示只写了五个字——要求：女汉子。 书店员工的工资低，很难招到合适的人，明光书店目前总算留住了两名职高毕业生。 早上9点到夜里9点，两个人倒班，样样要现教现学，她这个老板当得格外吃力。

他拎起那袋书说了声谢谢，却不走，犹豫了一会儿又说，我还想麻烦你一点小事，有一本《我们需要什么样的文化繁荣》，是社会科学文献出版社出版的，作者叫王京生。有人推荐给我，我在省城没买到，刚才找了一会儿，也没有。 但我蛮想看这本书，你能不能想办法帮我代购一下？

卢娜有点犹豫。 她和省里博库书城的批销部门很熟，再冷门的书都找得到。 问题是这种书一旦进了，本城没有人会看这种书的，他如果不来买，书就压在她手里了……

他好像看出了她的难处，解释说，这次他从省城来这个县城是出长差，有一个大项目要完成，大概要蛮长时间。 他平时喜欢看书，如今独自一人在外，只要晚上不加班，就可以把拖了好几年没看的书一本本都补上。 他指指书袋，又说，你看这几本老书，我以前早就看过了，还想再看一遍……

她记得他好像提了一句新区。 她晓得县城往东的一片沙洲上正在建一座新的小镇，听说平整土地的基础工程都已经做完了，她还没有抽出时间去看新鲜。 老县城三面环山一面临水，像一条狭长的船搁浅在岸边，不想办法劈山填滩，就再不会生出一寸空地。 对于一座山区县城来说，政府举债发展是硬道理，不欠账发展就没有出路。 这些消息都是店里买书的老顾客带来的。

卢娜不晓得说什么好，再说就是不相信人家了。 一般情况下，她都愿意相信人家的。 为了证明自己不是那种一心挣钱的人，她好心建议说，其实呀，你也可以到网上去寻，当当网、亚马逊，网上的图书品种多，速度快……她奇怪自己怎么突然变成了电商推销员。

他想了想，认真地回答说，我不在网上买书，我一向都在书店里买书。 我想让书店活下去。

卢娜心里一震，一股电流从头顶瞬间传到脚底。 我想让书店活下去。 除了那几位明光书店的铁杆书友隔三岔五给她发几条暖心的微信，鼓励她坚持下去，这句话从一个陌生人口里说出来，让卢娜不由得一下子对这位顾客增添了几分好感。 他到底是个什么人呢？ 卢娜有点好奇。

书店里暗下来，已经快6点钟了。 卢娜走过去开灯，啪嗒啪嗒，店里所有的灯都亮起来。 不过这几年为了省电，她早已把所有的灯泡都换成了低瓦数的节能灯。

他走到门口，回头看了看天花板，转过身，像是无心地随口说一句，书店的灯光好像暗了点，夜里来买书的人看不清书名。 你看能不能把灯光调亮一点？

卢娜心里咯噔一声，好像有个暗角忽然被照亮了。 对的呀，自己怎么早没想到这一层呢？ 等了他那么多年，挂了一块明光书店的牌子，不就是希望他哪一天回老家来探亲扫墓，路过这条小街，一眼就看见了自己的名字，然后也就看见了她……书店的灯光那么暗，假如他偏偏天黑时经过这里，连个招牌都看不见，她不就白费心思了吗？ 说白费心思也不对，她又不是为他开的书店，而是为自己！ 她没考上大学不等于没文化，她只不过是借他的名字给自己一点气力罢了……

等卢娜回过味醒过神，眼前还没亮灯的昏暗小街上，这个人已经走远了。

这是不是卢娜后来一直等他再来的原因呢？ 卢娜不知道。

第二天，卢娜把墙上的壁灯、天花板上的筒灯全都换了灯泡，书店好像一下子睁大了眼睛。

二

好几个月过去，每天每天，上午下午，像往常一样，店里客人很少。

不是没有人，而是没有卢娜的顾客。 街上的行人多的是，男人女人，老人小孩，一个一个从她的店门口急匆匆路过，看上去个个都像是赶长途汽车赶火车的人，急得一刻都不能耽误。 当然闲人也有，慢悠悠的脚步，就从她的店门口走过来又走过去。 眼睛在额头下骨碌碌转圈，看东看西，看天看地，看着街对面的一家家店铺，服装店美容店足浴店手机店烟酒店小吃店，只要看到一家店，一个个的眼睛就像灯泡一样亮起来，只可惜一线亮光都不肯落在"明光书店"那四个字上。

他们难道都不识字吗？ 据官方统计数字，中国的文盲还剩下总人口的百分之八左右。 但卢娜知道还有一个数字，中国的人均阅读量在全世界排在倒数十几名……

那些路人难道真的看不见明光书店的招牌吗？ 卢娜不相信。 门楣上浅褐色的匾额，明光书店金黄色的大字，清清爽爽明明白白，只要一抬眼就看得见。 那四个字是当年她专门去省城请美院一位书法家写的，十几年前，三千块的润笔费，可以买一台立式空调了。 明光书店在县城的这条小街上，老字号不敢当，也算是有年头的资深书店了。 七八年前，来店里买书看书的人挤得转不开身，都说这书店好是好，就是小了点。 如今顾客一天天少下去，这个一层九十平方米的店铺显得空落落的，倒像是扩建了面积一样。

这些人为啥就不肯多迈一步，走进书店来看看呢？ 哪怕不买书，翻一翻书也是好的呀！

记得书友会有个老书友说过，中国人虽有耕读传家的传统，但古人读书多半是为了出仕。 今人谋官另有门道，不再只靠读书，人们也就不肯读书了。 此话也许有一点道理。

那天下午，明光书店的老板卢娜坐在书店临街的一小角窗边，望着街上的行人发呆。 她在等什么呢？ 当然是在等顾客，就像一个蹲在水边等鱼上钩的垂钓者。 这样说也不对，鱼竿是那个陌生的买书人亲手递给她的——他应承过还会来的，他应该知道卢娜在等他拿书。 他要的那本《我们需要什么样的文化繁荣》早就给他准备好了，是特地请人从省城快递来的。

也不一定是等他。 卢娜心里知道，自己是在等一个永远不会到来的人。

书架上的书早已整理了一遍又一遍，没人动过，就没什么可整理的了。 以前忙的时候，几个钟头过去，书架又被人翻乱了。 那是以前的事了，辰光总归往前走，回是回不来的。 卢娜是爱看书的人，如今清闲下来，按说应该把那只看了开头、最多看了一半的书都接着读下去。 那本获得诺贝尔奖的白俄罗斯女作家 S.A.阿列克谢耶维奇的《我是女兵，也是女人》就放在侧面的窗台上，露出一角书签。 卢娜很喜欢这个女作家，她的文字背后都是血迹，却又不那么悲伤，而有一种力量。 但此时卢娜却不想伸手把书打开。 不想看书是因为没有心思，没有心思是因为有别的心事。 心思和心事是不一样的。 她撇开心事问自己，就连开书店的人都不想看书，还能指望谁看书呢？ 县城不比省城和首都，喜欢看书买书的人都是有数的。 虽然明光书店办了书友会，每个会员都有打折的购书卡，可是就这百十个固定的老顾客，如今也来得越来越少了，偶尔来了也不一定买书。 二楼有个茶吧，设了两圈围拢的小沙发。 晚餐前看书的孩子们都散了，晚饭后来的老顾客，多半是带朋友来这里谈事情的，她多少能挣一点茶水钱，只当补了书店的图书损耗。

　　卢娜此时没有心情看书，但也不想看手机。 她把手机调到振动状态，任凭它在柜台上发出一阵吱吱的颤动声。 手机这个小东西如今变得越来越聪明了，导航、购物、打车、挂号、订票、查询……只要你想让它做的事情，它没有办不到的，像一个忠实的仆人，以最快的速度为你搞定所有的事情。 卢娜每天用手机微信处理所有的书店杂务，包括查询新书信息、订购添货付款、与省城及邻县的书店同行们交换图书信息……使用微信的成本低廉到几乎可以忽略不计，比聘用一个四体不勤的大学生划算多了，所以若是从经济的角度看，购买手机的投入与它的产出相比实在超值。

　　但卢娜仍然和手机保持着一定的距离。 她与这个服务周到的贴身秘书始终无法建立起亲密无间的友谊。 看它二十四小时躲在你的身边，像一个鬼精灵、一个影子一般跟着你，从办公室餐桌厨房卧室一直跟到洗手间，在暗中窥视你的所作所为，无处不在无所不知，简直可以说居心叵测。 它看似乖巧驯服，样样事情与你配合默契。 然而你在这个世界上做过的一切，都会在它那里留下痕迹。 你点击点击再点击你打开打开再打开你转发转发再转发，你与它朝夕相处形影不离难舍难分生死与共，它就这样渐渐控制了你，让你分分钟记挂它想念它，离开它一歇工夫，就像离开了心爱的人，魂灵都没有了……自从有了智能手机之后，她觉得自己的智商开始直线下降，一有不明白，随时随地去问度娘。 度娘姓百，长年累月住在手机里值班值夜，随叫随到百问不厌。 从此天下好像没有卢娜不知道的事情，她再也不需要去动脑筋想事情、记事情。 手机像一只平面的卡通小老鼠，鬼头鬼脑尖牙利齿，成天贴着你的耳朵甜言蜜语，或是挡住你的眼睛，只许你看着它盯着它抚摩它，一个个旧日老友看似近在眼前，却又被它阻挡在千里之外。 它一寸寸吞噬着你的时间，把你一点点啃成碎屑咬成粉末，然后被它不知不觉地一口口吞进微小的芯片里。 卢娜已经感觉到了，好像不是手机在为自己服务，而是自己在为手机服务；不是手机在侍候她，而是她在侍候手机，接电话回短信转发点赞充电交费响铃静音……

不敢有一丝怠慢，生怕侍候不周错过了一个可有可无的消息。 记得去年报纸上曾经有一场讨论，我们的时间都到哪里去了？ 问得好蠢，时间都到手机里去了！ 手机里有娱乐新闻明星结婚离婚出轨生孩子、股票房市涨落楼盘开业养生保健新产品、环球豪华游轮红海死海地中海冰岛巴尔干半岛巴厘岛济州岛、欧洲足球联赛美国竞选伊拉克难民南美七胞胎婴儿……你只要抱着手机不放，就可以在第一时间获悉世界上每时每刻发生的事情。 只要拥有一台4G手机，你会即刻变成无所不知无所不能的先知。

然而卢娜对此始终很疑惑，一个人真的有必要知道世界上那么多不相干的信息吗？ 一生如此宝贵有限的生命，难道就这样交付一台只会发布新闻、查询信息的手机了吗？ 如果一个人终身与手机为伴，患上了手机依赖症，岂不是会变得越来越傻越来越笨，变成一个根本不会用脑子的人？

所以卢娜除了书店业务联系的朋友圈和书友微信群，通常不去看手机里的其他信息。 若是有一点空闲，她还是喜欢泡一杯清茶，在窗边的阳光下抱一本书看。 手机屏幕在亮光下通常会有反光，而书籍恰好相反，书页喜欢让阳光照亮，一行行黑字像是在白云间飞翔起伏的大雁……坐在窗前，微风拂过书页，纸面上散发出一种干草的气息。 指尖摩挲书页，指肚能感觉到纸张的润泽与温度。 卢娜对这种感觉太熟悉了，她就是在无数次摩挲书页的感觉中长大的。 记得她十二岁那年，母亲不知道从哪里捡来一本《爱丽丝漫游奇境》，书的封面有点破旧，爱丽丝的裙子皱巴巴的，裙带上盖着一个椭圆形的图书馆蓝印。 卢娜不知道母亲那时候已经生病了，母亲想让这个名叫爱丽丝的女孩来陪她。 后来母亲去世了，父亲很快有了新的女人，就把卢娜送到了外婆家。过了几年，外婆也生病了，卢娜从十四五岁开始就独自照顾瘫痪的外婆。 下课回家、冬夏长夜、星期天、寒暑假，她一个人守着外婆，端茶送水喂药喂粥，不敢走远。 亲戚们很少来看望外婆，只有那个可爱聪明的爱丽丝一直留在她家里，和她一起陪伴外婆。 每天夜里，爱丽丝就会跑出来，带卢娜去神奇的兔子洞里玩耍，那里有一只会咧嘴微笑的神出鬼没的猫、一只长着鼻子眼睛的鸡蛋、一只伤心流泪的甲鱼、一条抽着东方水烟管的毛毛虫，还有一个凶狠的红心王后……

他就是在卢娜最孤单无助的日子里，像一本新书一样出现在卢娜的家门口。 卢娜守着煤炉给外婆煎药，被那只会讲干巴故事的老鼠逗得笑个不停，忽然，书页上的阳光被一条细细的小黑影挡住了。 她抬头，看见他伸手递过来半只剥开的橘子，喏，和你换！ 把这本书给我看看！

后来，他和她常常一起头挨着头，坐在门槛上看同一本书，爱丽丝的奇幻树洞成了她和他共同的秘密。 他曾用大人的口气对她说，小娜，不要怕那个红心王后，她只不过是一副扑克牌……再后来，他给她带来新的书，《班主任》《青春万岁》《撒哈拉沙漠》《心有千千结》……再再后来，是《人生》《古船》《呼啸山庄》《复活》……自从有了书以后，卢娜再也不感到孤单了。 从那时开始，卢娜知道书是一个有呼吸有生命的伴侣，假如世界上所有人都抛弃了你，只有书不会离开你。 那些读过的书会走进你的心里脑子里，和你成为同一个人。 从他那里，卢娜知道了天下有那么多好书，可以去学校图书馆、县城文化馆借书，也可以省下自己的零用钱去书店买书。 二十世纪八九十年代那辰光，外国书中国书多得像大湖里的鱼一样。 高中三年，她差不多把所有中国当代作家写的书都看了，结果离高考分数线差了三分。 那年夏末，他收到了北京一所大学八年本硕博连读的录取通知书。 在他家楼下喜庆的鞭炮声和烟雾里，卢娜躲在楼上笑一歇哭一歇，当然是为他高兴为自己悲叹，手绢一连湿了好几块。 她想，他若不来寻她，她是再也不会和他见面了。 临走前他来向她道别，说开学后一定会给她写信，给她寄最新的书……第二年，他们全家都搬离了这座县城，他和他的家人从此消失在那些从未降临的新书里。

很长一段时间，卢娜痴痴等待着远方的来信，没有心情翻开他曾经送给她的那些旧书。 但卢娜不得不去参加工作养活自己啊！ 商场邮局电影院好几个岗位招人，她却还是和书有缘，偏偏被县新华书店选上了。 新华书店那栋两层楼的老房子在城中心最热闹的主街上，房产是国有的，每年卖教材吃饱到肚胀，每月奖金比合资企业都多。 卢娜走进新华书店去上班，她忽然发现，没有他的世界里依然到处都有书。 她随手拿起一本书，书上说，书可以把人带到任何地方，人也可以把书带到任何地方。 她想，书能够到达的那些地方，人却不一定能够到达。 她当然是要去书能够到达的那些地方！当她从童书架上一眼看见了那本新出版的《爱丽丝漫游奇境》，她觉得自己一下子就"复活"了。 封面上的爱丽丝穿上了崭新的漂亮裙子，那是一个新的爱丽丝，爱丽丝重新回来陪伴她，她从此再不寂寞了。

卢娜在新华书店当了四年营业员，后来结婚生孩子。 老公是县城对面大湖景区旅游公司的轮船机械师，专管维修游轮船舱里的机器。 当初书店的同事介绍卢娜和他认识，见过几次后，卢娜一口答应了这门婚事。 原因说起来也好笑，第一次见面，卢娜试探着想和他谈谈小说。 这个男人倒是实诚，他说除了技术书科技书，从来没有工夫读闲书的。 卢娜心中暗喜，假如未来的老公像她一样喜欢看小说，家里的事情谁管呢？ 如果没人管家务，有了孩子以后，她肯定就读不成书了。 于是她对这个男人提了一个条件，他不喜欢看闲书不要紧，但不许妨碍她看闲书。 老公竟然痛快应承了。 老公在一座新建的小区买了一套单元房，把卢娜婚前住的一楼一底的街面房出租了。 那是"文革"后退赔给卢娜娘家的私产，外婆临终前，念着卢娜独自照顾她七八年，就把房子留给了卢娜，遗嘱都公证过的。 等到卢娜的儿子满月后，老公说他打算把那份陪嫁的店面老房子用来给卢娜开一家美容店，平时也方便照顾家里和孩子。

老公说到开美容店后的一天晚上，卢娜给老公说了爱丽丝的故事。 她说自己十二岁那年，爱丽丝就住进了这间老房子，爱丽丝比老公先到了十年，所以她要用老房子开一家书店，让爱丽丝回来在这里长住……老公惊诧地张大嘴巴看着卢娜，好像她变成了另一个人。 那一刻卢娜的老公才明白，这个女人不仅喜欢看书，原来她心里是有梦的。 他晓得这个已经晚了，爱丽丝说来就真的来了。

等到老公下个月放假回来，书店已经注册下来了。 再下个月，老租客已经搬走，清空的房屋等着他帮她去装修。 老公替她忙里忙外买建材，过了两个月，书店开业那天，老公亲自给她在明光书店的招牌下放鞭炮。 卢娜每天走进书店，心里欢喜得就像走进爱丽丝的那个兔子洞，有多少奇迹在等着她发现呢！ 所以卢娜至今喜欢纸质书，因为书早已和她的生命连在一起了。

说起来那都是十几年前的事情了。 卢娜有过几年卖书的经验，明光书店很快上路。 虽说比起在新华书店当营业员辛苦操心了好多倍，但是店小船小好掉头，自己一个人说了算，还是开心的辰光多。 书店附近有个小学校，她就专门为学龄儿童办了个托管班，小孩下午放学后，家里没大人的都到书店来。 二楼小书屋的小人儿在窗下排排齐坐一圈免费看童话书，小红帽美人鱼皮皮鲁鲁西西，中国外国一样不缺，还兼卖些酸奶饼干小零食。 小孩们来了书店就不肯回家，除非父母把童书买下了带回去看。 没过半年，附近居民都成了她的顾客。 也是赶上了图书销售的好年头，新书来了就走，很少压货。 那时店里请了四个员工，除去工资水电，又不用交房租，一年下来，最好的月份书店的纯利有好几万。 顶要紧的是，卢娜的儿子放学后就来书店做作业，其他地方从来都不去的。 她在后墙的屋檐下搭了煤气灶，让员工小姑娘搭把手，煮饭蒸鱼炖肉炒菜烧汤，解决了大家的晚饭，顺便把自家儿子的教育也一起管了。

那辰光，每天晚上儿子就乖乖伏在二楼做功课。 老公专门为儿子在天花板上凿洞穿线，加了一盏伸缩灯，用的时候拉下来，不用的时候升上去。 金黄色的灯光铺满了小桌子，墙上映出个小人儿的影子，躬身低头，像个专心念经的小沙弥。 到了9点，书店打烊，卢娜牵着儿子的小手一起回家。四五月间，窗外的广玉兰开花了，藏在浓绿的阔叶里，月圆的晴夜，明亮的月光洒在硕大的花朵上，树丛里好像挂起了一盏盏小灯，为读书人照亮……月色下，老远望见巷口老公的身影，他来接他们母子，然后一手牵一个，三个人脸上的笑容都像月亮一样明晃晃……

那些年，卢娜觉得自己是天下最称心如意的女人和妈妈。 她心想，自己兴许就是为了儿子才开了这家书店？ 让儿子从小就欢喜读书，长大了考上北大清华。 总有一天，那个日日悬在头顶上的明光会晓得，不是只有他才能考上博士，她的儿子一定比他更有出息，不像他那样读了大学读了博士就从此没有音信，儿子将来肯定会记得年年回老家看看。 卢娜卖书一直卖到去年，才读到那本美国人写的《岛上书店》。当她一眼看到书里那句话："一个小孩，你把他放在什么地方，他就会成为什么样的人"，她惊诧得差点叫出声来，哎呀，卢娜你好眼光，十几年前你就晓得把儿子放在书店里长大，那个岛上的美国人难道听你讲过故事？

书店二楼东窗外的天井里有一棵广玉兰树，高过房顶，宽大的叶片绿得发亮，像一把把小扇子。广玉兰的叶片肥厚，小扇子看起来就有点重，春风秋风，风来了，满树的小扇子笨笨地摇起来，没有声响。县城的大街小巷，汽车喇叭摩托车自行车大屏幕广告理发店里震耳的音响餐馆门前长声的吆喝，没有一个地方不发出各种响声。明光书店缩在小街的一个拐角上，就连窗外的广玉兰都是规规矩矩的。书店书店，除了书店，世界上还有什么地方会这样安静呢？所以到书店里来喝茶的人，欢喜的是书店楼上的清静，即使不买书，卢娜也欢迎。她听说北京的南锣鼓巷里有一家砖墙石阶的朴道书堂，后院有个阅读空间，要买门票才能进去，那个空间里没有宽带没有 Wi-Fi，一点声响都没有，那才是读书人待的地方。

然而，明光书店的好时光一去不复返了。差不多从七八年前开始，书店的销售额就开始下降，像秋分以后的气温，一天天往下落。北京上海广州还有各个省城，时不时传来民营书店倒闭的坏消息。北大校门口曾经很有名的风入松书店，当年和国林风等几家书店一起被称为四大天王。据说风入松明明前一天晚上还亮着灯，第二天就人去楼空了，真好像应了南宋文人吴文英填的那首《风入松·听风听雨过清明》，幽阶一夜苔生，听说北大学生还给风入松开了追悼会。 还有北京的第三极、光合作用，上千平方米的大书店，说关门就关门了。 书店关张不是因为经营不善，而是因为房租和员工工资一年年上涨，营业额一年年下降，连续亏本经营，哪个老板吃得消呢？ 这几年明光书店的资金周转不灵，常常拆东墙补西墙，老公交到她手里的工资转眼让她垫付了员工的工资。 书店一直苦挨到前年，上头总算下了红头文件，对全国所有书店实行了税收优惠政策，明光书店算是柳暗花明了大半年。 可惜减税仍然敌不过顾客锐减。 从前年开始，书店利润扣除了店员工资和水电开销便所剩无几，去年开始亏损。 到了今年下半年，说不定她连倒贴的私房钱都拿不出来，那就真的山穷水尽了。

每年春秋的旅游季节，老公在湖区忙得回不了家。 等到放假回来，见她一副愁眉苦脸的样子，只好陪她一同叹气，小娜小娜，书店刚开门那辰光，你说书店里看书的人多得挤坐在瓷砖地上，坐得屁股冰凉都不肯走。 前年我帮你装了木地板木楼梯，如今冬天不冷了，怎么反倒没人来了？ 书又不是鸡蛋西瓜猪肉，价格有涨有跌，书还是那个书吗？ 不会坏掉不会过期，怎么说卖不动就卖不动了呢？ 幸亏明光书店不交房租，要不然就连你也一道赔进去了。 书店书店，命里注定恐怕只输不赢了……

卢娜苦笑。 除了书，书还能叫什么呢？ 书院书吧书楼，不都是读一个输字的音吗？ 若是写成素，没有油水；写成黍，是杂粮；写成舒，也不对，读书那么舒服，为啥现今那些贪图舒服的人都不肯读书呢？ 开书店当然只输不赢了。前一段时间，她听人说新华书店的日子也不好过了，书店电脑设备坏了都没钱更新，员工的福利越减越少。 卢娜心里有数，新华书店退休员工多，生老病死都要钱，书店也像人走长路，一副担子越挑越重。 何况书店的书越卖越少，只出不进，好比胃肠出血的人，输进去的血不及流失的血多，血管瘪掉了，命就没了……

老公埋怨归埋怨，却从来没有逼她关门。 卢娜心想，只要老公能容下书，她就能容下他。

卢娜挥了挥手，幅度很大地撩开眼前的一只小飞虫，像在驱赶那些烦心事。 还好儿子争气，高中两年下来，考试成绩一直在全年级前三名。 可惜县中的教学质量总不如省城，明年要想考上重点大学，还要拼一把。 她和老公商量过，万一儿子考得不理想，就让他申请去国外自费读大学。 全家拼拼凑凑，头一年的二三十万还是拿得出来的。 再往后呢就不好说了。 读到博士毕业，学费加生活费，没有百十万恐怕下不来……想起儿子明年读大学的事情，卢娜心里有点纠结。

街上人来人往，仍然没有人走进书店。 前几天倒是来过一家三口，男女都穿得时髦，女的拎一只香奈儿包，男的戴一串手指粗的金项链。 那个八九岁的小孩一进门就直奔童书架，捧起一本最近刚刚出版的童话《不平凡的约克先生》，坐在楼梯上就看起来。 这套书一封五本，卢娜拆成单本，方便孩子们在店里看。 那女的走到家庭实用类专柜，拿起一本营养食谱翻了翻，顶多三分钟，脖子转过去，大声催小孩快点。 小孩说，妈你让我看一歇歇，这本书真好看，我看一歇歇。 女的不耐烦起来，说，你蹲坑拉屎呀？ 不是说好买一本就回家吗？ 孩子噘嘴站起来，拿起那本《伟大的约克先生》，又拿起《傻傻的约克先生》，两本都抱在怀里，空出一只手，又去拿《森林里的约克先生》，小手抱不住，哗啦一下全掉地上了。 卢娜走过去帮他捡书，轻声说，这套书一共五本，你想要哪一本呢？ 小孩吞吞吐吐说，五本我都想要！ 那男的大步走过来，勾起食指，在小孩脑袋顶上敲了一记，呵斥道，五本？ 你想要五本？ 当饭吃啊？ 你看你看，封面上是一只小猪嘛，小猪有啥好看？ 越看越笨了！ 他抓起小孩的胳膊就往外拉，女的抓起小孩的另一只胳膊。 小孩用求救的眼神看卢娜，卢娜刚开口说一句，童话书都很薄的，加起来也就是大人一本书的价……女的抬头狠狠瞪了卢娜一眼，一只小猪罗要写五本书，你当是动物电视连续剧啊？ 小孩被拽出门外，手里一本书都没有了，哭喊声从书店门外传来，伴随着小轿车重重关门的声音。 卢娜被震得心里一阵疼痛，眼泪都涌上来了。 其实这种人她见多了，衣着光鲜珠光宝气，看上去家里一点都不缺钱，可就是不肯花钱买书，好像买了一本书衣裳就会少一只角，买了一本书身上就会掉一块肉。 他们舍得花钱买进口水果进高档饭店，就是舍不得买书。 几十块钱不就是一盒高档烟、一份麦当劳的价钱吗？可他们只晓得问这个物什有啥用场，只关心划算不划算。 卢娜每次遇见这种人，有一本书的题目就会自动跳出来——《你永远都无法叫醒一个装睡的人》。 哦，看这个书名起得多么聪明！ 不想花钱买书的人就是那种赖床的人，床头一排闹钟震天响，假装听不见。 这种人恐怕一辈子都不肯为买书掏腰包。

偶尔也会有相反的情况。 上个月店里来过一个女人，黑瘦，头发花白。 她从一只环保布口袋里摸出一张皱巴巴的纸片递给卢娜，一边小心问，还没有过期吧？ 是我女儿给我的优惠券。 一张券能买几本打折书呢？ 我骑车从城西赶到城东，路上大半个钟头，今天多买几本，你再打点折给我好不好？ 卢娜接过优惠券看了一眼，是那种不含店家赠送金额的打折券。 为了这一张券的优惠价，她跑那么远的路专门来一趟？ 每次遇上这样的顾客，卢娜也一阵心痛。

那位妇女直奔《红楼梦》去，说自己想买一套精装本，想了好几年。 原来的那部书太旧了，字都看不清。 把《红楼梦》买下后，又寻出了一本白岩松的新书《白说》，说是要给女儿……卢娜给她结账时，手一哆嗦，打了个七折。 那女人又在店里来回走了一圈，又拿了一本冯骥才的《俗世奇人》，那本弖很薄，她坚决不让卢娜打折了……

可惜像她这样钱包拮据却喜欢看书的顾客，总是有数的。 假如每一位过路客都像几个月前来过的那个人，一口气买二十多本还不要她打折,明光书店的日子就好过了。 卢娜想到那个人,心里有点烦,他要的那本什么《我们需要什么样的文化繁荣》已经过了三个月,再不来取就很难退货了,等于死在她手里了。 这种书就算白送给县委宣传部门,人家也不见得识货。 政府的人买书,零售也好团购也好,都像钱塘江涨潮一样来得凶猛。 前些年,宣传部突然来问有没有《万历十五年》。 再有一年,县政府的官员忽然得了什么消息,一窝蜂到新华书店去买《旧制度与大革命》。 其实这本书那年刚上市,就有书友来通报卢娜,说它在北京很走俏,让明光书店赶紧进几本。 卢娜心想,大革命与小县城有什么相干呢? 心里不托底,先试试进了五本。 没几天就被抢光了,又赶紧去添货。 等到县政府那些官员十万火急寻这本书又到处寻不到的时候,终于想起了明光书店。 寻到她这里,竟然还有几本存货。 宣传部门就在明光书店一口气订购了一百本,县委县政府全体科级干部人手一册。 书店老板当然喜欢单位团购,生意做得爽快。 没想到那段时间,这本书热得在博库书城都脱销了,好像万历皇帝和路易十五马上要从棺材里爬起来,到本县来检查工作。

卢娜的图书信息灵通,除了业内的朋友推荐,主要还是靠她自己勤看勤记勤查。 每天上午到了书店,先扫一遍京东网北发网博库网云中书城当当榜单开卷榜单,书店开门之前,她早已在网上浏览过一大圈了。 所有的图书销售排行榜,动一动她都有数。 各大出版社新书上市,凡是业绩好的，第一时间下订单，先买三五本试试，卖好了再进，快进快出。 所以不要小看县城的民营书店，信息时代，谁拥有信息，谁就拥有读者和顾客。 她还订《中国出版传媒商报》《中华读书报》《博览群书》这些和图书有关的报纸杂志，只要有时间，短书评也是要浏览一番的。 多年来，明光书店在读者里有个好口碑，都是她一本书一本书做出来的。 哪怕有一个顾客订购一本薄书，只要说得出书名或是作者，卢娜都会千方百计去帮他寻来。 她从不拖欠出版社和经销商的回款，哪怕把自家的钱垫进去。 所以批发商手里凡有好书，总愿意先发货给她。 她开书店十几年，该做的、能做的都做了，可为什么书店的营业额还在直线往下落？ 每天晚上9点，卢娜打烊，一盏盏顶灯壁灯筒灯啪嗒啪嗒全都灭了，最后漆黑一片。 书店消失在黑暗的街角，像一艘冰海沉船……

假如有一天，明光书店夜里关了门，第二天上午再也不开门了，那会怎么样呢？ 卢娜被自己的想法吓了一跳。 其实这个想法已经在她脑子里闪过好几次了，每次她都有一种被撕裂被剜剐的感觉，就像她前些年做过一次人工流产，活生生的一块肉被绞成一摊肉泥，从身体深处吸出来……

卢娜曾经看过一本新书《我们这个时代的怕和爱》，她知道自己爱什么，却不明白自己到底怕什么。 越是怕的事情越是会来，谁知道明光书店还能坚持到哪一天？

三

这个平常的下午，书店依然没有什么客人。 街上的行人对明光书店不肯多看一眼，更不愿多走一步踏进来，卢娜对此已经见怪不怪。 一般要等到周六周日下午和晚上，书店才会多一点人气、生气与活气。 渐渐地，卢娜觉得眼皮发涩，两只眼睛都睁不开了。 她靠在收银台的桌面上睡了一歇工夫，梦见了电影里的泰坦尼克号，船头竖起来，立在冰冷的海水里，有人把她推到了一条小舢板上，小船在海浪中一晃一颠，眼看就要靠岸了，又被一个浪头弹开去……

忽然，她听见了轻微的响动，好像是窸窸窣窣的脚步声。 她警醒地抬起头，见门口进来了几个年轻人。 他们在书店里轻手轻脚像影子一样移来移去，总算挑了几本书，然后拿出手机，眼睛一边往她这厢溜，一边速速拍下了书的封面，动作快得像做贼一样。 卢娜迅速做出了判断，这几个人虽然不是偷书的，也和偷书差不多。 他们在书店选好自己喜欢的书，用手机拍下封面，然后转身回家上网去买。 网上的价格比书店差不多便宜了一半。 现在的年轻人都把实体书店当成了一个不付费的图书展示店。 网上买书不用出门，给你寄到家里，还只需付一半书款，真叫人想不通。 这些年实体书店的销售量急速下降，书店一家家难以为继，就是因为最具购买力的年轻读者大多转向了网购图书。 卢娜到省城去参加民营书店协会的交流会，所有的书店老板都叫苦连天，就连新华书店的老总在质疑网购图书这一点上，也和民营书店迅速结下了临时同盟，成了同一条战壕的战友。

但卢娜是识时务的人，她知道淘宝网购是大趋势，那个托夫勒应该去写一本《第五次浪潮》。卢娜并不是绝对反对网购，她自己的手机也装了支付宝，收银台的角落里就有一堆从网上买的铁皮书立，价格比文具店便宜一半。只不过，她认为网购也该有个规矩，有个法规条款的约束，不可以任意叫价的，尤其是图书。书价就印在书上，是出版社按照图书成本和利润计算出来的，实打实没有一点水分。网上和网下，用行话说就是空中店和地面店，天上地下，卖的书都是一模一样的，不像网购的衣物日用品，常有以次充好的冒牌货，却为什么同书不同价呢？书还是那个书，网上打那么低的折扣，和实体书店的实价相差那么大，还有多少人愿意去书店买书呢？这样的商业竞争实在太不公平了！

卢娜硬压着火把脸扭过去，一边在心里安慰自己，这几个学生来买书，买的总归还是纸质书，是有油墨书香味道的纸书，不是手机和电脑屏幕上的电子书。学生去网上买书是为了省钱，省了钱就能再多买几本书。这样总比那些不读书的人好许多啊。网购图书折扣低，有利于低收入消费者，她能理解。卢娜之所以默许这些年轻人拿书拍封面，睁一只眼闭一只眼不计较，为的也是这一点。她最怕年轻人捧着手机和平板电脑看书，那种光不是自然的亮光也不是灯光，而是蓝幽幽的电子光，X射线一般，从字背后透出来，会把人的眼睛灼伤。再说，电子书摸上去冷冰冰硬邦邦的，哪里像纸本读物摸上去那么温暖那么柔软？在她看来，那根本不能称作书，只能说是机器。机器里装的并不是正儿八经的学问，而是玄幻穿越一类畅销流行的娱乐性读物，就像麦当劳肯德基一样，偶然吃一顿，或充饥或尝尝无妨，若是顿顿吃，肯定会营养不良。四十岁出头的卢娜对机器有着本能的排斥，对纸质书怀有一种偏执的热爱。儿子上了高中后，央求她给买一台平板电脑。她回答说，你考上大学之前，我宁可给你买一辆上万块的山地车，也不会给你买平板电脑，你死心吧！儿子委屈地咬住嘴唇，终于还是忍不住，妈，你真是老土了哦！还用英语说了一声，out！这个英语词，店里的年轻人喜欢挂在嘴上，卢娜听得懂。Out——没想到如今在儿子眼里，她也该出局淘汰了？

她的年纪还轻呢，就老土落伍了？如今人人都在拼命赶潮头，只怕自己赶不上。不过卢娜却不这样认为，说不定哪天钱塘江的潮头退了，落在最后的那条船一掉头，最先驶入东海也说不定。书友会那些消息灵通的朋友对她说过，不要绝对排斥平板电脑，现在的电脑都可以下载经典文学作品。有一种叫作掌阅的手机阅读器，可以装上几千万字的图书，文史哲经样样都可以输入，出门旅行，再不用带那些又重又厚的纸质书，又便宜又方便。卢娜点头又摇头。她相信，世界上只要还有造纸厂，就会有纸质书。只要世上还有纸质书，就会有人去书店买书。 书店的书看得见摸得到。 一家书店就像一座城池的瞭望塔，走进书店就是登上塔顶，望得见远处的来路和去路。

去年冬天一个下雪的日子，她独自守着冷清清的书店，望着窗外飘飞的雪片，觉得那一片片白雪就像撕碎的书页，被一双巨手抛出去，纷纷扬扬落在湖里河里，淹没在浪花里，不见踪影。 天刚擦黑，她就把书店的灯全都打开了，忽然听见有人在门口跺脚。 门推开了，有人走进来，身上冒着一股湿重的寒气。 那人摘下头上的绒线帽，原来是一位头发花白的老书友，大概有六十多岁了，羽绒服的肩膀后背都湿了一大片。 他的手冻得红肿，掏出一块手帕揩去脸上的雪水，然后从塑料袋里拿出一本书。 她隐约想起来，这本《民国清流》，好像是不久前他刚从明光书店买去的。

老人把书翻开，书里夹着一张对折的三十二开宣纸。 他打开宣纸，点着上面竖写的一行毛笔字说，就要过年了，我给你写了一句话，今天刚好路过这里，拿来送给明光书店。

卢娜看清了那行工整的小楷：是谁在黄昏里亮起一盏灯——祝明光书店新春吉祥。

她晓得这是台湾诗人痖弦多年前的一句诗，黄昏里那一盏灯，是书店。

卢娜的眼泪涌上来，喉咙里被一股热气堵塞了，说不出一个谢字。 老人走后，她看着地面上两个拖泥带水的湿鞋印，像两只风雨飘摇的小舢板，航行在茫茫书海里……她的泪水落在水迹上，分不清是雪水还是泪水。 她心想，自己之所以能够撑到现在，多半是为了这些爱书的读者吧！

她想起前几年有一位常来买书的中年女子，好像是做室内设计的，面容姣好，衣着的款式色调搭配都很讲究。 但她买书很挑剔，装帧封面的品相哪怕有一点瑕疵，她也是坚持要换一本的。 她不是书友会的人，卢娜不知道她的名字。有一天晚上她来买书，书店这一线的店家忽然跳闸了。 她耐心等着卢娜点亮了蜡烛，一边安慰卢娜说，不要着急，等一歇歇就会来电的，只要线路没有坏掉就不要紧……后来有一段日子，那女人没来店里。 过了大半年又忽然出现了，卢娜差点没认出她，人瘦得脱了形，扶着门框，一条粉红色的长纱巾把头顶到后脑都裹起来……卢娜不敢问她是不是病了，倒是她自己对卢娜说，我做了手术，正在养病，有很多时间可以看书。 但我没有力气寻书了，你帮我推荐几本新出的小说，品相要好，故事不要太悲情……卢娜叫道，你为什么不打电话来？ 我可以把书给你送到家里去的呀！ 后来，卢娜常常去给她送书。 再后来，那个女人去了省城的大医院。再后来，有一天卢娜收到一只小纸盒，打开了，里面是几本新书，一张印着玫瑰花的粉红色信笺飘下来，上面写着几行娟秀的小字：这些新书我来不及看完了，寄还给你，也许还有别的人可以看。 人生在世，读书是一件多么美好的事情……谢谢明光书店。

这几本书都是她以前从明光书店买去的，封面还像新的一样。 卢娜把她的信笺用一只白色的镜框镶起来，挂在书店一角的墙上。 读书是一件多么美好的事情！ 是的，卢娜每天抬头看到这句话的时候，心里总是会微微一颤。 即便是为了她的顾客和书友，明光书店也没有理由不硬撑下去的，至少她要撑到实在撑不下去为止……

所以几个月前，那个省城的陌生人来买书那天，临走时对卢娜说，最好把灯光调亮一点。 当时她下意识地环顾四周，微弱的亮光下飘过了那个女人粉红色的纱巾……把灯光调亮，说得没有错，但谁能保证电路不出毛病呢？ 不过，省城陌生人那句话和那位女顾客留给她的话一样，毕竟是暖热的。 也许就是因为这句话，她一直在等待他再来……

卢娜还记得，大概在半年前，她接过一个电话，是县里一家柑橘贸易公司的老板，也是她老公的一位远亲。 老板一开口就是二十万元的订单，凡是古今中外的名著、历史地理经济军事，统统要豪华包装的精装本，书越厚越贵越好，他见过一套一套带锦缎盒子的那种，一盒就要好几万……卢娜一听就明白，老板是要买书当春节礼品。 如今上头查得严，给官员送礼是行贿，只剩下送书不违规，这点小心意，既风雅又安全……面对这笔即将到手的大生意，卢娜却并不领情，心想图书是用来读的，怎么变成装样子的摆设了？ 不过老板又补了一句，卢娜，这个订单数目不小，你有的赚了。你卖了那么多年书，晓得什么样的书拿得出手，买什么书都由你说了算，我十万个放心。 但我有一个条件，你听好了，书价嘛，你要按网上进货的价格加一成给我。 如果我让人到网上去买，肯定便宜很多。 我把这个单给你做，是为了照顾你的生意，你老公关照过的……卢娜被他噎在那里，半天才缓过一口气。 她想告诉他，网上卖的那些书，从出版社进货的折扣都在三折左右，网上书店没有店面房租压力，按五折的价格卖出去，还有利润空间。 何况很多网站也是为了打广告赚人气，常常低价倒赔卖书，属于恶性竞争。 而她这样的实体店，一般进货的图书折扣都在六折以上，即使全价卖出去，书店租金、物业管理、图书损耗加起来占到成本的百分之五十，再加百分之二十的人工成本，一本书的纯利只剩下一折左右了……她拿着话筒，一时不知该和他怎么说。 图书当然是商品，但这个商品的精神价值恐怕比封底的书价要高出很多倍呢，算不出来的！ 她虽然是卖书的，但卖书和卖柑橘不是同一个生意经。

卢娜想了想，客客气气回答说，你还是到网上去直接进货的好，网上品种齐全，你想要什么都有的……她刚要挂断电话，话筒那边大声喊道，哎哎，好说好说，只要你去帮我买来，价钱好商量，你叫我到网上去买？ 我又不懂书……卢娜好气又好笑，心里舍不得错过这笔生意，又有老公的情面在里头，便顺势下台阶，和他讨价还价了一番。 柑橘老板知趣地让了价，最后是卢娜五折从网上帮他进货，六折卖给他。 礼品书到货，彼此皆大欢喜，这是卢娜去年做成的最大一笔生意了。

　　春节过后，恰好省城的出版发行业协会举办一个"让城市留住书店"的研讨会，也邀请卢娜去参加。 那天细雨霏霏，雾气弥漫，从城区和邻县来了几十个书店老板，大家的衣服都是潮乎乎的，寒气阵阵袭来，一个个身子都缩了起来。 轮到卢娜发言，她就把柑橘老板买书的事情讲给大家听了，她说没想到如今电商兼了批发商，看样子以后实体店要去网上进货，直接和电商合作算了。

　　有人打断她说，目前国内电商和实体店的价格竞争已经危害到整个书业的健康发展，你还说去和电商合作？ 据说很多发达国家对实体书店都有严格的价格保护措施，比如说一本新书上市，半年一年之内，网上买书不可以打折，就像电影院公映大片，三个月内不允许发行影碟一样……众人纷纷点头，议论说这么好的法规，可惜中国怎么就没有呢？ 政府有责任保护图书的价格稳定，市场经济也是要讲规矩的，不晓得中国以后会不会出台这个政策？

　　纯真年代书吧的经理盛绣接话，书店书吧书屋统统姓书，凡是姓书的都是一家人，但现在民营书店好像是被领养的，不是亲生儿子一样……有人附和，书店等于体验店、图书馆，老板花钱开店，读者免费阅读；网上各路神仙打架，网下凡人小民受苦！ 有人叹气说，现在实体书店不开咖啡吧就活不成，简餐文具都成了实体店的标配，其实都以非图书的行为在养活书店。 这样搞下去，将来书店就快变成美容院健身房台球屋棋牌室儿童乐园的跨界创意产业了……图书图书，宏伟蓝图变成唯利是图！

省里报刊发行部门的人说，现在社会的整体阅读生态环境不好，这几年城市道路一整改，就把书报亭撤掉了。据说报刊的零售额下降了百分之五十，书报亭也赔钱，街上那些书报亭一个个都不见了，下班路上想买一份晚报都不晓得到哪里去买……

牢骚话说了一箩筐，大家心里越发惶然。

后来晓风书屋的褚经理发言。他们夫妻搭档经营的晓风书屋已在全省开了十几家连锁店，每一家都是不同类型的主题书店。晓风在城区有一家分店，兼顾定制手工烘烤的小饼干，读书人与不读书的人都是欢喜的。小褚慢悠悠说，我觉得实体书店正站在一个十字路口，大家都在摸索方向。政府的职责、书店的经营模式、读者的阅读习惯，这三者缺一个环节，都是水桶的那块短板。政府应当有长远眼光，对图书资源进行整体合理配置，用购买公共服务的方式来扶持实体书店。年年开"两会"，代表委员年年呼吁建议政府设立全民阅读日，阅读方面的具体建议已经提了很多，我就不重复了。我想说的是书店自身的问题。我倒是不担心没人读书，我想得最多的是他们到底在读什么。如今书太多，普通读者一走进书店就头晕，不晓得哪一种书买了回去，正是自己需要的。我们卖书人要做的就是把真正的好书送到读者手里。今后书业的发展趋势，不仅仅看流通效益，还要看书店的文化品位。书店怎么选书？怎样让读者知道什么是好书？ 我们书店自身的服务方式也要改进，提高书店从业人员对图书的鉴赏能力。 假如顾客寻书，售货员一问三不知，读者掉头就走了，以后就会对买书产生排斥心理。 我建议政府有关部门，能不能拿出一点资金，定期开办专业培训班呢？到了大学生的寒暑假，我们也可以主动招募、选择那些爱书的人，来书店做义工，做图书导购……

卢娜听得心里一阵阵发热，小褚的句句话都和她想到一起去了。 晓风书屋进书的门槛高，对每一种书都要设立预期的目标读者。 新书进货之前，提前做好功课，一本都不含糊，就像打靶一样，不敢奢望命中十环九环，也不至于飞到靶子之外去。 卢娜一向很佩服小褚的，自己什么时候能够做到晓风其中一家分店那么好，她就心满意足了。

最后新华书店的老板发言说，我同意小褚的意见，如今实体店确实是在垂死挣扎，但我们自己也要想办法转型自救，创造更多新的销售模式。 比方说，可以用图书馆加书店的模式，为大企业、金融界、电子业的高收入员工提供图书专项服务；零售书店也可以和新华书店合作，新华书店的品种齐全，小书店网点分布广、经营灵活，双方各取所长，加快流转率，把库存全部盘活……有人打断他，说新华书店当惯了老大，民营书店被收编，假如不按照新华书店的路数走，新华动不动就"断粮"，民营书店等于自投罗网，这个办法行不通。 又有人抱怨，说一千道一万，归根结底还是房屋租金。 依靠书店的自有资金，租不起好地段的街面房，只好搬到房租便宜的背街区位去。 买书的人寻不到店面，客源越发减少，书店利润更少，变成恶性循环。 有人提议应该去找一位政协委员，为书店写个提案，建议设立一个全国性的实体书店基金会，政府拨款加民间募集资金，每年对城镇的大小实体书店统一进行业绩综合评估。 那些信誉好的书店应当给予减免房租作为奖励。 各地闲置的军产房、文化系统内部的空房、商业性楼盘的尾房，都可以想办法调剂出来给书店使用，也可以均衡社区的图书网点分布……

大家又七七八八说了很多，说来说去，除了电商的书价之外，大家最关心的话题又回到书店的房租上头。 有人说，房租房租，必将成为压垮实体书店的最后一根稻草！ 这真不是危言耸听，卢娜的明光书店虽然是私产，但她也赞成这个说法。

窗外的小雨一直不停，天空像大家的心情一样灰暗。 会议结束前，省出版发行业协会的秘书长给大家简单介绍了去年年底深圳市人大刚刚通过的阅读立法。 卢娜觉得新鲜，阅读立法？ 难道不读书就是违法吗？ 往下细听才渐渐明白，这个立法其实就是《全民阅读促进条例》，是为了规范政府行为，也就是说，政府必须为公众提供阅读服务的人才资金以及基本场馆设施，保障市民的文化公共权利，否则就是不作为……卢娜早就听说深圳的读书活动搞得特别好，2013 年被联合国教科文组织评为"全球全民阅读典范城市"。 她上网查阅过，深圳市有一座设备先进的中心书城，每个区有区一级书城，所有的街道都配备了功能齐全的书吧。 全城的图书馆自动借阅系统，已经覆盖了所有的机关企业大专院校……深圳每年都有读书月，延续整整一个月时间，举办百十种读书活动，图书不夜城、名家讲座、年度好书颁奖等活动如火如荼。 最让卢娜感兴趣的是，深圳读书月活动，其中竟然还设了一个领读者奖，专门奖给那些优秀的图书推荐者、书评家以及民间自发的各种读书会……

卢娜觉得眼前渐渐亮起来，天空好像转晴了，一线橘色的夕阳穿过厚厚的云层，投射到会议室的窗户上。 大家都在兴奋地交头接耳，有人提议，出版发行业协会应该组织大家去深圳亲眼看一看，差旅费由各个书店自己承担好了。 一时间，弥漫在会场上的愁云惨雾渐渐飘散开去。

希望，亮光！ 卢娜在笔记本上潦草地写。 又写，坚持！ 高贵的坚持！

自己呆呆地看了一会儿，却又飞快地涂掉了。

那天散会后，卢娜本想赶时间开车到城西去一趟，她听说省城有一位作家用自己的工作室，开了一家叫作理想谷的书吧，免费为读者提供读书场所。 理想谷一间大屋，三面墙壁，一格格图书一直顶到天花板上，中间是瀑布一样垂挂的青藤（也许是绿萝或青苔），楼梯呀，地板呀，到处都是可以坐下来读书的地方，一伸手就能拿到书。 每天都有人从很远的地方专门到理想谷来看书，一块钱一杯咖啡，可以坐一天……只要想一想那个场景，就让卢娜激动又感动。 她早就打算去一趟，感受一下那里的氛围。 但她刚出门，就被晓风书屋的褚经理叫住了。

小褚笑吟吟的，好像有什么开心的事情。 果然，小褚给她透露了一个消息，刚才大家提的建议，其中有一项，本省的有关部门已经领先开始了，专门设立了一项文化建设工程，拨出了一笔专款，给书店作为补贴和奖励，民营书店也有少量名额。 本省是沿海经济发达地区，才能拿出这一大笔钱。 不过这个补贴是有条件的，书店的固定资产必须在一百万以上，连续多年信誉良好，还有营业额呀纳税状况呀，有关部门都要对书店一一进行资产评估……卢娜的明光书店，房产是自主产权，位于县城的中心地段，一楼一底一百多平米的房子，起码值个七八十万。 加上流动资产，差不多就够百万了，其他条件都应该符合标准……

面对这个突如其来的好消息，卢娜有点发蒙，好像寒冬腊月里，天上掉下一件厚厚的羽绒大衣，把她暖暖地罩在里头。 她结结巴巴地对小褚说，我不够的不够的，比我做得好的民营书店有的是。 你看盛绣的宝石山纯真年代书吧，城市名片、文化客厅，好口碑好业绩好风景人人都欢喜，她的名气大、影响大，要评就应该评她……

小褚轻叹一声，纯真年代是好，但她的书吧房产租期五年，当年装修书吧，她家的积蓄都用光了，平时书吧的收入也就够维持日常开销而已，哪里来的百万固定资产呢？ 好多民营书店都被卡在这一条上了。 我不晓得这种规定是个什么道理。 如果书店自己有百万资产，政府补贴也就不算是雪中送炭了。 不说了不说了，我看你还是回去算算账，有个思想准备，尽量争取争取……

卢娜倒抽一口冷气。 想不到她当年用自家房屋开书店，房产所有权在某一天能救她于水火？ 也是呢，那些租房开书店的小老板，等于月月在替房东打工。 明光书店不用交房租，才能苟活到现在。 假如明光书店既要交房租又要养员工，恐怕早两年就关门大吉了。 感谢外婆，感谢老公啊！

等她回到县城后不久，县文化局果然有人到店里来视察了一番，向她简单介绍了情况，还让她填了好几份表格，书友会的人给她写了读者评议，她还去银行开了纳税证明，等等。 如此折腾一番之后，不仅没有好消息传来，连什么消息都没有了，好像云雾里的那件羽绒服，塘边才刚刚开始养鸭子。 一春一夏，即使等到鸭子长大，一寸寸绒毛填进衣壳里，做成了羽绒服，又哪里就刚好披裹在自己身上呢？ 卢娜每天发愁操心的事情太多，过了一两个月，就把这个好消息连同开会的热闹都忘在脑后了。 在江南这个地方，一年四季，阴天下雨的日子总归比晴天要多的。

这天下午，她望着那几个年轻人匆匆逃出书店的背影，真想对他们喊一声，要拍封面尽管来啊，说不定再过一年半载，明光书店关门了，你们连拍书的地方都没有了呢！

学生们走了以后，书店又冷清下来。 卢娜坐在窗口，望着街上来来往往的行人发呆。 她等的那个陌生的取书人也许不会来了，过几天，她要记得把那本《我们需要什么样的文化繁荣》退掉。 她等的那个老同学也是永远不会回来了。她究竟还能撑多久呢？ 说不定哪一天，卢娜会到马路对面的那家装修公司去借一部梯子，亲自爬到书店门上，把明光书店那块木匾从屋檐下摘掉。 当他有一天终于想起回乡扫墓的辰光，这里是一扇紧闭的门，他再也寻不见她了。

四

这天下午，老公从湖区放假回家，亲自烧了几样小菜，春笋烧肉、油爆虾、雪菜蚕豆、清蒸鳊鱼，样样都是卢娜喜欢的。 儿子临近高考，天天在县中晚自修到很迟才回。 卢娜却没有胃口，吃了几口就放了筷子。 她晓得老公是想同自己谈天，至少是问问书店这个月又亏进去多少。 但老公见她不想说话，独自喝了几杯闷酒，什么也没说，早早就睡下了。

晚上卢娜翻来覆去睡不着，到了半夜，她一伸手，触到了老公的后背，顺手摸上去，出手很重地摇晃他的肩膀。 黑暗中，她的声音听上去恶狠狠的，哎，我已经想好了，这样硬撑，越撑亏得越多，儿子要上大学了，家里等着用钱，书店还是早点关门算了！ 此话既出，她觉得自己的决心已经下定。 这话不能让老公说，要由她自己说出来。 这一回不说，等他下次回来，又是一两个月拖过去了。

老公睡得死，翻了一个身好像还没醒，迷迷糊糊地嘟哝一声，开店是你，关店也是你……

卢娜撒娇地蹬了他一脚，你到底管不管？

总算醒了一半，口齿含糊不清，你再想想办法嘛，办法总有的……

卢娜赌气翻身，用脊背顶着他。他又不是不晓得，所有她能想的办法不但早已想过，而且做过多少次了，节日促销、新书推介、作家讲座对话、签名售书……到了如今，招数用完底牌出尽，已是黔驴技穷。在这个县城，就数明光书店的新书周转最快，一般图书上架几周后，假如一本都卖不出就退货。只是从县城到省城，毕竟相隔百十公里，高速公路的图书运费都要书店自己承担，进货退货的费用都计入成本，常年来回折腾也是吃不消的。亏得卢娜人缘好，几年来，书友们晓得书店生意清淡，一听书店进了好书，常常故意多买几本拿去送人。有一个中年人，好像是个中学语文老师，一到寒暑假就来买书。后来卢娜终于忍不住好奇问他，寒暑假人家老师都在忙着做家教，你倒有闲工夫看书啊？他这才说了实话，其实我也看不了那么多书，买回去都摞起来。家里堆满了，老婆有意见，我对她说，藏书可以保值升值啊，你看宁波的天一阁，以后传给子孙……他一边说着，一边笑起来，我也不全是为了帮你，家有书香，孩子也受熏陶的……

卢娜晓得，多年的老书友们都在暗中帮她。但以人情来维持书店，总归不是长远之计。 如今书店所剩无几的优势，大概也就是人们对纸质书的旧日感情了。 老公毕竟不是这个行当的人，他不知道那些大城市的书店也是各有各的难处。听说只有北京的万圣书园，只赚不赔生意笃定。 那个老板自己就是个博学的读书人，凡有新书出版，他都要自己一本本先看过。 万圣书园的咖啡吧赚的钱还不如卖书的利润高，那是因为万圣就在北大清华附近，书店里进进出出的人都是正儿八经的学者教授。 全国有几个北大清华呢？ 万圣是个唯一，学也学不来的。 就说北京的三联书店，半个多世纪的老牌书店，首创了二十四小时营业制，留住了读者和顾客，赚足了人气。 然而，通宵长明的电费，还有夜夜加班的员工工资，算算账，要增加多少经营成本？ 若没有三联那样殷实的家底，绝对做不下来。 又听说贵阳有个西西弗书店，在广州、遵义等地开了十几家连锁店，每一家都是同豪华大商城合作的，空间宽敞，装潢精美，分类精细……像卢娜这样的小书店，想都不敢想。 再比如北京的字里行间书店，开张七八年，已经陆续开了十几家连锁店。 省出版发行业协会有人去北京，见过字里行间的老板，说字里行间采用年度会员制，为会员提供高端阅读服务，所以它有充足的财力，把每一家分店都设计得各具特色，这一家主打书法字画，那一家主题是童书玩具，再一家主营陶瓷工艺，家家都是个性化的书店风格，开在北京城最好的黄金地段。 这种精品书店模式特别适合大都市的白领金领阶层。 字里行间多年来和一家资金雄厚的书业集团联手做出版，出书与发行配套，内循环加外循环，与西西弗是不同的路数，真可谓八仙过海、各显神通了。 其中一家字里行间，外墙是弧形的大玻璃墙面，内墙隔出一大圈书架，靠窗是雅致精美的文房四宝茶艺茶道，就好像一步踏进了高级会所，进去就不想出来了。 书店的中央摆着一张张小方桌，铺着豆绿色的餐布，经营纯正素餐，闻不到一丝油烟味，正合书店的品位。 来买书的人想品尝素餐，专门来就餐的人也会顺便买了书带回去，真是各得其所。 据说市政府有规定，豪华商圈必须配备文化产业设施，所以那座商贸大厦给予字里行间这种品牌书店的房租价格，显然相当优惠……

可是明光呢？ 百十平米的一家民营小书店，简陋寒碜，无依无靠，靠的是卢娜十几年的死缠烂打不离不弃，她还能有什么绝路逢生的好办法？ 县城小书店和那些大城市书店，除了书店规模不一样，所有的书和读者都是一样的啊！ 为什么卢娜救不了自己的书店，只能眼睁睁看着它在冰海中慢慢沉下去，自生自灭？ 前几天她看到一条网上留言，说这个喜新厌旧、崇尚更新换代的年月，一家老书店倒下去，还有千百家新书店会站起来，看得卢娜从头到脚透心凉。

老公又睡着了，耳边是汽笛一般的呼噜声。 卢娜在黑暗中睁大了眼睛，周围看不到一丝亮光。 黑沉沉的海面上风暴骤起，吞没了原来那一线微弱的航标灯。

卢娜没敢告诉老公，今天她的心情特别沮丧，是因为下午书店里来过一个人。

　　此人不是那个陌生的买书人，当然更不是她等了多年的那个老同学，而是明光书友会的老会员，下班经过书店，给卢娜带来了一个新消息。　老县城的居民或许对这个消息会有一点兴奋，但是对于卢娜却如灭顶之灾，她好像跌落在一潭冰水里，浑身瞬间冻僵，只有脑子被冷水刺激得异常清醒。消息说，县城东边的那个新区正在扩建规划中，政府将要把很多大单位搬迁过去，比如县中心医院、县中、农科所、文化局、县人大、政协办公楼、广播电视台、长途汽车站……总之，原先条件不好的那些单位全都要陆陆续续搬进新区新楼去，新区将逐渐发展成未来的县城中心……

　　这个消息千真万确，县人大昨天刚刚通过的，说不定明天就登报上电视了！

　　卢娜差一点就要哭出来了。　医院？　学校？　政府机关？电视台？　这些单位都是目前支撑着明光书店最主要的客源。一旦搬走，等于釜底抽薪，没有了稳定的老客户，书店还怎么开得下去？　新区建成之后，老县城必然会逐渐萎缩、凋敝，那么明光书店还有什么前景可言？

　　那人又说，新区大发展，老城肯定人心惶惶，我看你还是早做打算的好……

　　那人走后，卢娜半天没缓过神，在椅子上傻坐了一会儿，心里焦灼如焚。　她飞快地算了一笔账，假如这个消息是真的，最晚挨到明年，新区落定之后，书店的老顾客就走得差不多了，书店亏空肯定越来越多。但亏损还是小数目，要命的是，新区投入使用之后，老县城的房价就会快速下跌，那么自家这座老房子那时再想出手转让，恐怕都卖不出好价钱了……

眼看已是山穷水尽，前头死路一条，她再也没有什么锦囊妙计了。将来县城老房子跌了价，弄不好连儿子出国留学的保底钱都搭进去——这才是促使卢娜今天突然下决心关闭书店的真正原因。

夜那么长那么黑，窗外连一丝月光都没有。卢娜翻过身，把脸贴在老公热烘烘的脊背上，绝望地抓住了他的手，那只手软绵绵松松垮垮，她觉得自己无奈又无助，想哭却哭不出来。

第二天卢娜早早起床，没有心思做早餐，到街上去给老公和儿子买了两杯豆浆四根油条，放在餐桌上，便早早离家去了书店。她想让自己一个人静一静，仔细再仔细地盘点一番，店里现有的库存书、书柜书架沙发桌椅灯具电脑等所有家当，总共能折算多少钱，上半年流水收入总共是多少，还要支付多少即将到货的新书款，……她必须抓紧时间，趁着老城的人都还不知底细，尽快把书店的房产转让脱手，越早越好，然后速速把明光书店的"后事"料理完毕。书店关张后，她的工作不用发愁，新华书店那边早有人三番五次来探过虚实。明光一旦关门，新华欢迎她回去当部门主管，她肯不肯去还难说呢……

辰光还早，她开锁进店，觉得光线有点暗，顺手开了灯，一时灯光亮得晃眼。 她抬头，看见了天花板上前些天新换的灯泡，心里突然一阵刺痛。 把灯光调亮？ 把灯光调亮，不是愈加费电了吗？ 她气呼呼地顺手把灯关掉了，省点电吧，能省一点是一点。 这家昏暗的书店里，只剩下她的心里还有一朵小火苗，那么小，那么弱，忽闪忽闪，飘摇不定。 而今，这朵风里雨里挣扎太久的小火苗也终于快要熄灭了……不怪我不怪我，她对自己说，我实在是已经尽力了哦……

就在这时，卢娜听见了手机铃声在响。 她走到窗口去拿包取手机，发现原来书店东窗的窗帘还拉着，怪不得书店这么暗。 她用手指划开屏幕上的接听键，然后把窗帘唰地拉开了。

顷刻，书店里洒满了亮晃晃的阳光，一格格在书架上跳跃，把书店染得一片金黄。 还是太阳好啊，她对自己说。 把灯光调亮，就算再亮，也是夜里。 她自嘲地笑了笑。

清晨的阳光下，手机里传来一个爽快的声音。 电话是文化局的人打来的，就是上次让她填申请表的那个干部，让她赶紧到局里去一趟，要办手续。 什么手续？ 你来了就晓得了。 你还是说一下吧，我店里忙，走不开呢！ 是好事情，你中了头彩了，恭喜恭喜！ 对不起我从来不买彩票的，不要拿我开心哦。 哎呀，你真拎不清，就是省政府的那笔书店奖励基金，明光书店评上了！ 我哪里评得上？ 你骗我。 是真的，不是个小数目，你变百万富翁了。 快点过来，上头还要核实几个数据呢……

卢娜终于听清楚听明白了，她的手抖了一抖，手机从掌心滑出去，落在一堆高高码起的书上。 她站在窗口一动不动，整个人都好像傻了，然后肩膀轻轻地抖动起来，身子开始战栗。 她伸出双手捂住了自己的脸，手心很热很烫，忽然又变得凉湿，泪水透过指缝，从脸颊上哗哗淌下来。 她似乎意识到什么，往前挪移了一步。 是的，她想躲开那堆书，怕自己的泪水把书弄湿了……她终于哭出了声，惊喜的啜泣，在晴天的阳光里，如急骤的阵雨一样砸下来……

天上云间飘荡的那件羽绒服在寒风中落下来，终于披在了她的身上。 一百万是多大的一笔钱啊？ 这么说，明光书店就要起死回生了？ 可以把这几年累计的债务亏空都补上了，早就想添置的新书柜也有了着落。 老公的工资不用再贴补书店了，积攒起来给儿子上大学交学费。 退一万步说，假若书店继续赔钱，一年赔几万块，这笔补贴的钱也够她再亏损十几年了……她一直想着能把隔壁老房子那个闲置的晒台买下来，和自家书店打通，在二楼的咖啡吧旁边再扩建一个儿童书屋，就叫爱丽丝奇境，墙上都是爱丽丝那本童话的插图，天花板上全是爱丽丝那个奇幻王国的花草和小动物，孩子们放学了，尽管可以到这里来读书嬉戏做梦……卢娜已经完全忘记了老县城和新区的事情，思绪纷乱，忽喜忽忧，她仍然不敢相信这样的好运气会降临到她头上。 也不知道过了多久，她听见有人推门的声音，是员工来上班了。 她赶紧用纸巾揩净泪水，换了一副喜气洋洋的笑脸，对员工简单吩咐了几句，顶着阳光去了文化局。

卢娜从文化局回到店里时已近中午。 她在街上的灯具店里顺便又买了一盒四十瓦的飞利浦灯泡——把灯光再调亮一点！ 她要让明光书店的老顾客们老远就看到书店的灯光，无论夏夜冬晚，每天每天，天刚刚黑下来，明光书店的灯光就唰地亮了。 如果她的资金宽裕，最好把书店临街的窗户也扩大一倍，宽敞明亮的一长排玻璃，等到夜幕降临，玻璃窗内的灯光雪亮雪亮，明光书店就像一座透明的水晶宫，所有的书都在闪闪发光……总有一天，他回老家来看看，一眼就会看到明光书店。 如果有那么一天，卢娜会告诉他，当年你说过，只有知识才能改变命运，是的，你做到了，你苦学的知识改变了你的命运。 但我不是。 这么多年，书本没有改变我的命运，但改变了我。 我办了明光书店，我的书店给人送去知识，知识可以帮别人改变命运……

这么一想，卢娜的眼泪又流下来了。 不对！ 不是知识改变命运，是文化！ 不对，文化也不一定能改变命运，但可以改变人！ 我不再是那个高考落榜的自卑女孩，我活得对人有用，我充实，我知足……我一点都不比你差！

傍晚时分，卢娜和员工简单用过晚餐，抬头欣赏着白天刚换上的新灯泡。 她觉得明光书店从来没有这么亮堂这么美妙，灯光简直可以用璀璨这个词来形容。 她看过很多国外书店的图片，高低错落的书架、精致素雅的装潢，再配上明暗适度的灯光，那种弥漫着书卷气息的宁静氛围，充满了世界上所有其他场所都没有的神奇魅力。

就在这天晚上，明亮的灯光下出现了一个人影。 卢娜眯起眼，打量这个有点面熟的生客，忽然想起他就是几个月前那个要盖书章、要她代购《我们需要什么样的文化繁荣》那本书的省城顾客。 他快步朝她走过来，身后还跟着另一个人。 他抬起头环顾天花板的灯池，笑容满面地说，嗬，灯光调过了？ 书店亮了许多哦！ 我老远就看见了。

他终于想起来取书了？ 他会不会再一口气买二十多本书呢？

接下来的事情完全出乎卢娜的意料，好像所有奇怪的新鲜的事情都集中到今天发生了。 这个人对卢娜说了很多话，后来，同他一起来的那个人也对卢娜说了很多话。 卢娜的脑子不够用了，一时反应不过来，几乎无法判断这究竟是好事情还是坏事情。 她好像听见他说，县城新区的整体规划中需要有一家书店，中等规模的书店，但是老县城的新华书店由于种种原因，暂时无法搬迁。 他想到了明光书店，他推荐了明光书店，以明光书店的信誉度和知名度，开在新区再恰当不过了。 新区将为书店预留五百平方米门面房，作为公益书店，房租优惠到可以忽略不计。 他今天就是和有关部门的人先来征求意见，也算考察调研，事情一旦列入规划，就按正规程序进行……

　　他还提到了城市发展战略，提到了公民的文化权利，提到了热爱、尊重、介入什么的。 卢娜的脑子嗡嗡响，下意识嗯嗯地点头，只觉得他的话音一声声落下，头顶的灯光一盏盏变得闪闪发光。 卢娜忽然莫名其妙地觉得有点紧张，假如一旦停电，眼前的一切是否会重新陷入黑暗中去？

　　卢娜渐渐冷静下来，望着灯光下地板上人与书堆成的一条条暗影，心里有了些许疑惑。 她暗自思忖，假如明光书店真的搬到新区去，那么县城的老顾客怎么办呢？ 新区那么远，总不能让那些书迷书虫书痴，为买一本书专门跑到新区去……再说，开了新书店，老书店还开不开呢？ 让她同时打理两家书店，哪里有那么多人力和精力？ 开张一家五百平方米的新书店，装修就需要一大笔钱。 这笔费用怎么出？ 政府有没有补贴？ 新区建成后，一年半载的，顾客肯定不会太多，书店十有八九会亏损，这笔亏空她背得起背不起呢？ 假如亏损都要她自己承担，她是不敢应承下来的。 这个新区未来的新书店就像那笔天上掉下来的补贴一样，把她刚刚想好的老书店发展计划全都打乱了……

　　再说了，面前这个人晓得不晓得卢娜很快就要领到一百万补助的事情呢？ 他不会是和文化局串通一气的吧？ 因为卢娜得到了政府的奖励，他们才会选中明光去开新店？ 她心里一点底也没有。

　　卢娜定了定神，故意把话题岔开，对那个人说，对了，你要的那本《我们需要什么样的文化繁荣》的书，我早就帮你买来了，你还要不要？

那人连连谢过卢娜，摸出钱包，用现金把书买下了。他说，你先考虑考虑吧，文化建设的事情急不来，一个好项目从创意到最后完成，需要反复论证，我们还要继续沟通的。又有几分抱歉地加了一句，上次买的那些书还没看完，今天就不买书了。你把好书给我留着，过些天我们再来。

临走前，他给卢娜留下了一沓表格，请卢娜有时间填写一下。

又是表格。卢娜看了一眼，接过来，又飞速地看了一眼那个人。他到底是做什么的呢？看样子他不是教授，而是个文化官员，至少是主管新城的规划师？现在的人身份都比较复杂，不像从前那么一目了然。她在心里懊恼自己的眼光不灵，上次他连个跟班都没带，卢娜到底还是看走眼了。像他这样欢喜读书的规划师，莫非就是书友们闲谈中提到过的那种体制内的清流？卢娜吃不准。

那天晚上，卢娜回到家，和老公一五一十地说了今天书店里发生的一连串怪事，说了天上掉下来的大额补贴，说了那个神秘的顾客，又说了新区未来的书店。说来说去，说得她自己也绕进去了。卢娜索性摊开了两只手，上下颠着手掌说，喏，给你简单打个比方吧，假如去新区再开一家明光分店，就好比我一只手拿进了一百万补贴，又从另一只手里赔出去了。

老公闷声不响。 卢娜又说，这一进一出，不是等于还同原来一样吗？

卢娜大声说，你听见没有啊？ 我昨天夜里和你说过的那些话，你听清爽了吗？

听见了，不过没听清爽。 老公说，我当你是在说梦话。

卢娜有点恼，嗔怪地提高了声音，我想来想去，明光书店还是关门的好。 老店没开好再去开新店，找死啊！ 那笔补贴我给他们退回去！ 我不去新区开店，我要和老书店同归于尽！

老公嘿嘿笑起来，笑得卢娜心里发慌。 结婚二十多年，老公从来不和她吵嘴。 他是一块牛皮糖，咬起来蛮吃力，经咬。

老公开口说，好了好了，我听懂了。 反正你每天不是说梦话就是说气话。 卢娜，我晓得你开书店十多年，没一天好日子过。 但是，假如你从此不开书店，恐怕就活不成了。

卢娜心里一紧。 那个叫明光的博士就算此刻站在她面前，也说不出这句话来。

命总比钞票要紧，你年纪还轻呢，我要你活着！

卢娜鼻子一酸，眼圈就红了，心里那朵奄奄一息的小火苗呼地一下蹿上来，燃成了一蓬金红色的火焰。

那么，到底要不要去新区开分店呢？

我反正不欢喜看闲书的。 老公慢腾腾地说，你的书店，你自己做主！ 我只晓得，秦始皇焚书，后世的骂名都留在书

里。 嬴政也没赢过书去，他是输在书里头的，最后还是书赢
了……

卢娜慢慢伸出双臂，环住了老公的腰，把脸贴在老公的
胸前。 他胸口散着热气，像一件厚厚的羽绒服，把她包裹起
来。 能坚持到哪天算哪天吧，她劝慰自己。 心里那朵小火
苗微微颤了颤，忽地蹿起了一团火焰。

隔着一条街，隔着几道墙，卢娜看见"明光书店"四个
字，在夜空里通体透亮。

水电火电风电核电，只要线路没有坏掉，灯光总归会重
新亮起来的吧？

要有光

—— 张抗抗中篇小说谈片

何向阳

张抗抗在发表《淡淡的晨雾》之后不久，很快为我们捧出了《北极光》，这部发表于 1981 年《收获》杂志上的中篇小说，时隔近 40 年的时光重读，仍然不能不折服于其中的灵思与激情。 而《北极光》发表 35 年之后，张抗抗发表于 2016 年《上海文学》杂志上的《把灯光调亮》，同样使我们眼前一亮。 这两部小说，其间相隔 35 年光阴，然而，在对于"光"的追寻上，作家张抗抗在其创作精神上保持着令人敬佩的一致。

张抗抗可以算作知青一代作家，她出道很早，又赶上改革开放，社会的巨变、生活阅历的丰富，都使得这一代作家具有敏锐的现实洞察力，而这洞察力伴随而来的是思想的敏感性，他们较之此前和之后的作家，在代际的意义上是承前启后的，而且，从某种历史的意义上看，这一代作家，似乎也是空前绝后的。 他们的亲身经历不可复制，你也可以说，任何一代作家的亲身经历都不可复制，理论上是对的，但这一代作家的不可复制性，在于他们与共和国一同经历了一次非凡意义的历史转折，这种转折，直接决定了他们的命运走向，他们既有知识作底，又有生活作底，而且更多的是基层生活的亲证作底，在这样一种土壤里，再加上社会历史与个人命运共转折之后的思想的跟进与浇灌，很快，这一代人，这一代人之中后来成为作家的，参天大树者众。 他们的履历、经验、知识和思想，在写作中很难被耗尽，而是一直随着时代的变革呈现出多姿而丰盈的神态。 这就是为什么，梁晓声能在早年写出《今夜有暴风雪》之后仍能以三卷长篇《人世间》获得茅盾文学奖的原因。 同样，1981年发表了《北极光》的张抗抗，能够在2001年以一部散文集获得鲁迅文学奖，而在之后的创作中一直保持着未曾中断的态势。 其原因同理。 这一代作家，整体而言，较前一代作家在思想上更活跃，艺术上更趋于多样化，而较后一代作家，他们的经验财富在马拉松长跑一样的创作中又日益显示出不可替代的优势。

　　一个时期以来，我一直想，这一代作家的特点在世界文学范畴内都是突出的。 思想的敏锐与经验的复杂，使得新时期的这一代作家一直在中国当代数代作家群中居于长时期的"领衔"地位，相比之下，60后、70后出生的作家的确或多或少地在读者当中的影响力之不足，其原因也在于此。 但是，张抗抗除了是这一代作家群中的一个之外，她还是位女作家，其作品在这一代作家的敏感度之外，还有一个作为女性视点的敏感度。 而女性视点的敏感再加之知识分子出身的家学与修养，所成就的是一位知性女性的独特写作。

《北极光》里的陆芩芩是一位女性，她的现实的苦恼是成亲，要嫁给一个自己并不确定是否爱着的人。这个将要和自己共度余生的人在现实生活中也并非不好，他仗义有为，他乐观豁达，家境不错，人品正常，而且真爱着她，怎么看，陆芩芩好像都找不到不嫁他的道理。然而，爱情有时就是没有道理可讲，或者说，爱情自有它自己的道理。陆芩芩不满足于未婚夫的地方，恰恰是在理想层面，或说是在理想的语境中两人相差十万八千里。于此，关于"北极光"的认知其实并不是科学意义的，当然也不是梦幻意义的，而是一种人与人之间精神境界的深度交流。或说是，一个人对另一个人挚爱的事物的惜护和爱意。遗憾的是，在陆芩芩和她的未婚夫之间，我们看到了这种爱意的缺失，所以陆芩芩的觉醒与离开并不令我们——作为女性读者尤其如此——有任何意外和诧异。小说的女主人公是如此爱和珍视着她的憧憬，以致"北极光"成了爱情认知中的"试金石"，我们看到在这个试金石面前，一个最初我们很看好的男主角败下阵来，而另一个看似不起眼的配角最终以他金子般的心获得了女主人公的爱情。

爱情，是纯洁真挚的，但必须是有所附丽的，是有比男女之爱本身更多内容的，在这里，它不是传统的门当户对，不是典型意义上的愤世嫉俗，而是两情相悦，两心相通。这种心心相印，才可能接近爱情的真谛。而女性在这一点，较之男性，对爱情的要求更高。 不错，它是超越世俗力量的，但这个超越，不是通过仇恨和怨怼，仍然是通过爱去实现的。 祝贺陆芩芩在经历了那么多的心灵折磨之后找到了真正属于她的爱情。 这也说明了，女性在爱情中的成长，其自我独立的人格是在爱情的寻找中得以实现的。 这个双赢，我们在张抗抗的《北极光》中真切地感受到这一点。 你可以说，这是这一代如张抗抗这样的作家对于爱情与女性成长的思索与贡献。

于此，我想把《北极光》中的一段文字放在这里，表达对这部小说的致敬：

> 芩芩忽然气喘吁吁地打断了他，没头没脑地说：
>
> "你知道北极光吗？"
>
> "北极光？"他有点莫名其妙。
>
> "是的，北极光！低纬度地区罕见的一种瑰丽的天空现象，呼玛、漠河一带都曾经出现过，像闪电、像火焰、像巨大的彗星、像银色的波涛、像虹、像霞……"她一口气说下去，"真的，你见过吗？ 听说过吗？ 我想你一定听说过的……你知道我多么想见一见它。 小时候舅舅告诉过我，它是那么神奇美丽，谁要是能见到它，谁就会得到幸福……真的……"
>
> 他眯起眼睛，亲切地笑起来。
>
> "你真是个小姑娘。"他"哗啦"一下拉开了窗帘，阳光

映着雪的反光,顿时将这简陋的小屋照得通亮,"我想起来,十年前,我也曾经对这种神奇而美丽的北极光入迷过。……我是喜欢天文的,记得我刚到农场的第一天,就一个人偷偷跑到原野上去观测这宏伟的天空奇观,结果当然是什么也没有看到……我问了许多当地人,他们也都说没见过,不知道……我曾经很失望,甚至很沮丧……但是无论我们多么失望,科学证明北极光确实是出现过的,我看过图片资料,简直比我们所见到过的任何天空现象都要美……无论你见没见过它,承认不承认它,它总是存在的。在我们的一生中,也许能见到,也许见不到,但它总是会出现的……"

他的目光移向窗台上的仙人掌,沉吟了一会儿,又说:"……我现在已经不像小时候那么急切地想见到它了,我每天在修暖气管,一根根地检查、修理,修不好就拆掉了重装……这是很具体的劳动,很实际的生活,对不对?它们虽然不发光,却也发热啊……"

阳光从结满冰凌的玻璃上透进来,在斑驳不平的墙上跳跃。那冰凌花真像北极光吗?变幻不定的光束、光斑、光弧、光幕、光冕……不,北极光一定比这更美上无数倍,也许谁也没见过它,但它确实是有过的。也许这中间将要间隔很久很久,等待很长很长,但它一定是会出现的。

　　的确。 爱情是需要有信念做支撑的。 心心相印，志同道合，彼此欣赏，相互成就。 这是爱情的至高境界。

　　无独有偶。 在《把灯光调亮》中，我们也看到了三位男性，围绕卢娜的"明光书店"，他们次第出场，无论是作为读者的他，还是记忆中作为初恋的明光，抑或是作为真懂她而不计成本地支持她的丈夫，从某种意义上，他们都是来自方方面面的"光"，是让一个女性在城市中的知识坚守有着底气的光源。 而真正的发光体，仍然是卢娜本人，她的梦想，她的认真，她的坚持。 最重要的，是她的信念。 把灯光调亮，可能是一切爱书人读书人的信念，但在这之上，一个更大的信念是，要有光，写书的人的信念，与读书人的信念，传递书之思想的信念，在一个小小的书店中聚合，而构筑的是一个民族思想强盛的未来。 要有光，时隔35年之久，可以说比一代人的成长还要漫长，但张抗抗身为一个作家，她的"光"从未在她的笔下暗淡过，这是经由爱的心底喷涌出的光，认真的、坚持的信念和纯洁的、真挚的爱情交织出来的光，是一个作家在一个时代中对于自我与民族的深刻的思考而产生的光。

　　这种光，照耀着我们，它一直在那里。 就像"北极光"一样，"……无论你见没见过它，承认不承认它，它总是存在的。 在我们的一生中，也许能见到，也许见不到，但它总是会出现的……"。 这种人类的思想之光，这种作家所给予我们的智慧之光，不要被我们因为忙碌于其他而忽视了，而评论家与编辑家的当前任务，也在于——把灯光调亮，让更多的人在物质构成的世界（但绝不是以物质为目的的世界）里不致盲目，还能持有心中的光明。

2020 年 2 月 15 日，北京

图书在版编目（CIP）数据

北极光/张抗抗著；何向阳主编. --郑州：河南文艺出版社，
2020.7

（百年中篇小说名家经典 / 何向阳总主编）

ISBN 978-7-5559-0932-3

Ⅰ.①北… Ⅱ.①张…②何… Ⅲ.①中篇小说–小说集–中国–
当代 Ⅳ.①I247.5

中国版本图书馆 CIP 数据核字（2020）第 076564 号

丛书策划 陈 杰 杨彦玲

本书策划 王 宁 责任校对 赵红宙

责任编辑 王 宁 责任印制 陈少强

丛书统筹 李亚楠 书籍设计 书籍/设计/工坊
刘运来工作室

北极光
BEIJIGUANG

出版发行 河南文艺出版社
本社地址 郑州市郑东新区祥盛街 27 号 C 座 5 楼
邮政编码 450018
承印单位 河南瑞之光印刷股份有限公司
经销单位 新华书店
开 本 787 毫米×1092 毫米 1/32
印 张 7.5
字 数 138 000
版 次 2020 年 7 月第 1 版
印 次 2020 年 7 月第 1 次印刷
定 价 35.00 元